魔法科高中的劣等生 21

The irregular at magic high school

動亂的序章篇〈上〉

佐島 勤

Tsutomu Sato

illustration／石田可奈

Kana Ishida

illustrator assistant／ジミー・ストーン、末永康子

三矢詩奈
十師族「三矢家」的少女。今年春天以榜首成績就讀第一高中。由於聽覺過於敏銳（原因據說是魔法的知覺能力），所以總是戴著耳罩。
「從剛才就使用知
努力想要入侵這個
是和詩奈學妹從小
「咦……？」

背負某項缺陷的劣等生哥哥。
一切完美無瑕的優等生妹妹。
這對兄妹就讀魔法科高中之後，

風波不斷的每一天就此揭開序幕——

魔法科高中的劣等生 21

The irregular at magic high school

動亂的序章篇〈上〉

佐島 勤
Tsutomu Sato
illustration
石田可奈
Kana Ishida

Kadokawa Fantastic Novels

司波達也

就讀於三年E班。達觀一切。
妹妹深雪的「守護者」。

司波深雪

就讀於三年A班，達也的妹妹。
前年以首席成績入學的優等生。
擅長冷卻魔法。溺愛哥哥。

西城雷歐赫特

就讀於三年F班，達也的朋友。
二科生。擅長硬化魔法。
個性開朗。

千葉艾莉卡

就讀於三年F班，達也的朋友。
二科生。
可愛的闖禍大王。

柴田美月

就讀於三年E班，達也的朋友。
罹患靈子放射光過敏症。
有點少根筋的認真少女。

吉田幹比古

就讀於三年B班，出自古式魔法名門。
從小就認識艾莉卡。

光井穗香

就讀於三年A班，深雪的同班同學。
擅長光波振動系魔法。
一旦擅自認定後就頗為一意孤行。

北山 雫

就讀於三年A班，深雪的同班同學。
擅長振動與加速系魔法。
情緒起伏鮮少展露於言表。

里美 昴

就讀於三年D班。
宛如美少年的少女。
個性開朗隨和。

英美・艾米莉雅・格爾迪・明智

就讀於三年B班，隔代混血兒。
平常被稱為「艾咪」。
名門格爾迪家的子女。

櫻小路紅葉

三年B班，昴與艾咪的朋友。
便服是哥德蘿莉風格。
喜歡主題樂園。

森崎 駿

三年A班，深雪的
同班同學。擅長高速操作CAD。
身為一科生的自尊強烈。

十三束 鋼

就讀於三年E班。別名「Range Zero」（射程距離零）。
「魔法格鬥武術」的高手。

七草真由美

畢業生。現在是魔法大學學生。
擁有令異性著迷的
小惡魔個性，
不擅長應付他人攻勢。

中条 梓

畢業生。曾任學生會會長。
生性膽小，
個性畏首畏尾。

市原鈴音

畢業生。現在是魔法大學學生。
冷靜沉著的智慧型人物。

服部刑部少丞範藏

畢業生。社團聯盟總長。
雖然優秀，卻有著
過於正經的一面。

渡邊摩利

畢業生。真由美的好友。
各方面傾向好戰。

十文字克人

畢業生。
現在升學至魔法大學。
達也形容為「如同巨巖的人物」。

辰巳鋼太郎

畢業生。曾任風紀委員。
個性豪爽。

關本 勳

畢業生。曾任風紀委員。
論文競賽校內審查第二名。
犯下間諜行為。

澤木 碧

畢業生。曾任風紀委員。
對女性化的名字
耿耿於懷。

桐原武明

畢業生。關東劍術大賽
國中組冠軍。

五十里 啟

畢業生。曾任學生會會計。
魔法理論成績優秀。
千代田花音的未婚夫。

壬生紗耶香

畢業生。劍道大賽
國中女子組全國亞軍。

千代田花音

畢業生。
曾任風紀委員長。
和學姊摩利一樣好戰。

七草香澄

二年級。七草真由美的妹妹。
泉美的雙胞胎姊姊。
個性活潑開朗。

七寶琢磨

二年級。有力的魔法師家系
並且新加入十師族的
「七寶家」的長子。

七草泉美

二年級。七草真由美的妹妹。
香澄的雙胞胎妹妹。
個性成熟穩重。

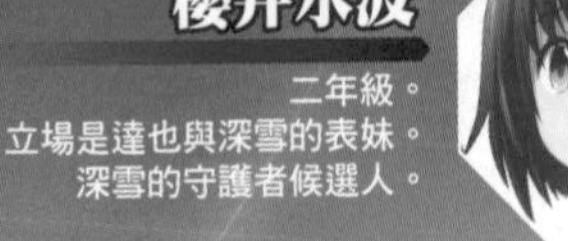

櫻井水波

二年級。
立場是達也與深雪的表妹。
深雪的守護者候選人。

隅守賢人

二年級。白種人少年。
父母從USNA歸化日本。

安宿怜美

第一高中保健醫生。
穩重溫柔的笑容
大受男學生歡迎。

平河小春

畢業生。以工程師身分
參加九校戰。
主動放棄參加論文競賽。

廿樂計夫

第一高中教師。
擅長魔法幾何學。
論文競賽的負責人。

平河千秋

三年級。
敵視達也。

珍妮佛・史密斯

歸化日本的白種人。達也的班級
與魔法工學課程的指導教師。

三矢詩奈

第一高中的「新生」。
由於聽覺過於敏銳，
所以總是戴著耳罩。

千倉朝子

畢業生。九校戰新項目
「堅盾對壘」的女子單人賽選手。

矢車侍郎

詩奈的青梅竹馬。
自稱是「護衛」。

五十嵐亞實

畢業生。曾任兩項競賽社社長。

五十嵐鷹輔

三年級。亞實的弟弟。個性有些懦弱。

小野 遙

第一高中的
綜合輔導老師。
生性容易被欺負，
卻有不為人知的另一面。

三七上凱利

畢業生。九校戰「祕碑解碼」
正規賽的男生選手。

九重八雲

擅長古式魔法「忍術」。
達也的體術師父。

國東久美子

畢業生，在九校戰競賽項目
「操舵射擊」和艾咪搭檔的選手。
個性相當平易近人。

一条剛毅

將輝的父親。
十師族一条家現任當家。

一条將輝

第三高中的三年級學生。
「十師族」一条家的
下任當家。

一条美登里

將輝的母親。
個性溫和，
廚藝高明。

吉祥寺真紅郎

第三高中的三年級學生。
以「始源喬治」的
別名眾所皆知。

一条 茜

一条家長女。將輝的妹妹。
國中二年級學生。
心儀真紅郎。

北山 潮

雫的父親。企業界的大人物。
商業假名是北方潮。

一条瑠璃

一条家次女。將輝的妹妹。
我行我素，行事可靠。

北山紅音

雫的母親。曾以振動系魔法
聞名的A級魔法師。

北山 航

雫的弟弟。國中一年級。
非常仰慕姊姊。
目標是成為魔工技師。

鳴瀨晴海

雫的表哥。國立魔法大學附設
第四高中的學生。

琵庫希

魔法科高中擁有的
家事輔助機器人。
正式名稱是3H
（Humanoid Home Helper：
人型家事輔助機械）P94型。

牛山

FLT的CAD開發第三課主任。
受到達也的信任。

千葉壽和

千葉艾莉卡的大哥。已故。
警察省國家公務員。

恩斯特・羅瑟

首屈一指的CAD製作公司
羅瑟魔工所
日本分公司社長。

千葉修次

千葉艾莉卡的二哥。摩利的男友。
具備千刃流劍術免許皆傳資格。
別名「千葉的麒麟兒」。

九島 烈

被譽為世界最強
魔法師之一的人物。
眾人尊稱為「宗師」。

稻垣

已故。生前是
警察省的巡查部長，
千葉壽和的部下。

九島真言

日本魔法界長老——
九島烈的兒子，
九島家現任當家。

安娜・羅瑟・鹿取

艾莉卡的母親。日德混血兒，
是艾莉卡的父親——
千葉家當家的「小妾」。

九島光宣

真言的兒子。雖是國立魔法大
學附設第二高中的二年級學生，
但因為經常生病幾乎沒上學。
和藤林響子是異父同母的姊弟。

九鬼 鎮

服從九島家的師補十八家之一。
尊稱九島烈為「老師」。

小和村真紀

實力足以在著名電影獎
入圍最佳女主角的女星。
不只是美貌，演技也得到認同。

周公瑾

安排大亞聯盟的呂與陳
來到橫濱的俊美青年。
在中華街活動的神秘人物。

陳祥山

大亞聯軍
特殊作戰部隊隊長。
心狠手辣。

呂剛虎

大亞聯軍特殊作戰部隊的
王牌魔法師。
別名「食人虎」。

鈴

森崎拯救的少女。
全名是「孫美鈴」。
香港國際犯罪組織
「無頭龍」的新領袖。

風間玄信

陸軍101旅
獨立魔裝大隊隊長。
階級為中校。

真田繁留

陸軍101旅
獨立魔裝大隊幹部。
階級為少校。

藤林響子

擔任風間副官的
女性軍官。階級為中尉。

佐伯廣海

國防陸軍101旅旅長。階級為少將。
獨立魔裝大隊隊長風間玄信的長官。
外貌使她別名「銀狐」。

柳 連

陸軍101旅
獨立魔裝大隊幹部。
階級為少校。

山中幸典

陸軍101旅獨立魔裝大隊幹部。
少校軍醫，一級治癒魔法師。

酒井

國防陸軍總司令部軍官，階級為上校。
被視為反大亞聯盟的強硬派。

四葉真夜

達也與深雪的姨母。
深夜的雙胞胎妹妹。
四葉家現任當家。

司波深夜

達也與深雪的母親。已故。
唯一擅長精神構造干涉魔法的
魔法師。

葉山

服侍真夜的
高齡管家。

櫻井穗波

深夜的「守護者」。已故。
接受基因操作，
強化魔法天分而成的調整體魔法師
「櫻」系列第一代。

新發田勝成

曾是四葉家下任當家
候選人之一。防衛省職員。
第五高中校友。
擅長聚合系魔法。

司波小百合

達也與深雪的繼母。
厭惡兩人。

堤 琴鳴

新發田勝成的守護者。
調整體「樂師系列」第二代。
適合使用關於聲音的魔法。

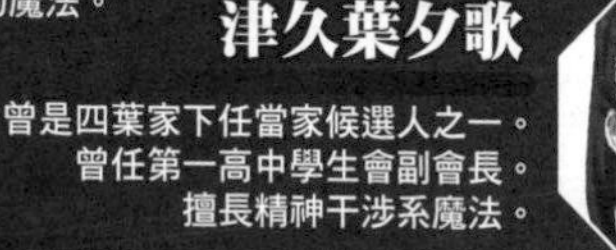

津久葉夕歌

曾是四葉家下任當家候選人之一。
曾任第一高中學生會副會長。
擅長精神干涉系魔法。

堤 奏太

新發田勝成的守護者。
調整體「樂師系列」
第二代。琴鳴的弟弟，
和她一樣適合使用
關於聲音的魔法。

吉見

四葉的魔法師，黑羽家的親戚。
超能力者，可讀取人體所殘留的
想子情報體痕跡。
極度的祕密主義。

安潔莉娜・庫都・希爾茲

USNA魔法師部隊「STARS」的總隊長。階級是少校。暱稱是莉娜。
也是戰略級魔法師「十三使徒」之一。

瓦吉妮雅・巴藍斯

USNA統合參謀總部情報部內部監察局第一副局長。
階級是上校。來到日本支援莉娜。

希兒薇雅・瑪裘利・法斯特

USNA魔法師部隊「STARS」的行星級魔法師。階級是准尉。
暱稱是希兒薇，姓氏來自軍用代號「第一水星」。
在日本執行作戰時，擔任希利鄔斯少校的輔佐。

班哲明・卡諾普斯

USNA魔法師部隊「STARS」的第二把交椅。
階級是少校。希利鄔斯少校不在時的
代理總隊長。

米卡艾拉・弘格

USNA派到日本的間諜
（正職是國防總署的魔法研究人員）。
暱稱是米亞。

克蕾雅

獵人Q——沒能成為「STARS」的
魔法師部隊「STARDUST」的女兵。
Q意味著追蹤部隊的第17順位。

瑞琪兒

獵人R——沒能成為「STARS」的
魔法師部隊「STARDUST」的女兵。
R意味著追蹤部隊的第18順位。

亞弗列德・佛瑪浩特

USNA魔法師部隊「STARS」的一等星魔法師。
階級是中尉。暱稱是弗列迪。
逃離STARS。

查爾斯・沙立文

USNA魔法師部隊「STARS」的衛星級魔法師。
別名「第二魔星」。
逃離STARS。

神田

民權黨的年輕政治家。
對於國防軍採取批判態度的人權派。
也是反魔法主義者。

上野

以東京為地盤的
執政黨年輕政治家。
眾所皆知親近魔法師的議員。

雷蒙德・S・克拉克

雫留學的USNA柏克萊某高中同學。
是名動不動就主動
和雫示好的白人少年。
真實身分是「七賢人」之一。

威廉・馬克羅德

英國的戰略級魔法師。
在國外數間知名大學擁有教授資格的才子。

卡拉・施米特

德意志聯邦的戰略級魔法師。
在柏林大學設立研究所的教授。

黑羽 貢

司波深夜、
四葉真夜的表弟。
亞夜子、文彌的父親。

黑羽亞夜子

達也與深雪的遠房表妹。
和弟弟文彌是雙胞胎。
第四高中的學生。

黑羽文彌

曾是四葉下任當家候選人。
達也與深雪的遠房表弟。
和姊姊亞夜子是雙胞胎。
第四高中的學生。

詹姆士・傑克森

從澳大利亞來到
日本沖繩的觀光客。
不過他的真實身分是——

賈絲敏・傑克森

詹姆士的女兒。
雖然年僅十二歲，
卻是非常穩重，
應對進退相當成熟的少女。

伊果・安德烈維齊・貝佐布拉佐夫

新蘇維埃聯邦的戰略級魔法師。
科學協會魔法研究領域的
第一把交椅。

顧 傑

「七賢人」之一。
別名紀德．黑顧，
大漢軍方術士
部隊的倖存者。

喬・杜

協助黑顧逃走的神祕男性。
能力出色，即使是
要躲避十師族
魔法師們追捕的
困難工作也能俐落完成。

近江圓磨

熟悉「反魂術」的魔法研究家，
別名「傀儡師」的古式魔法師。
據說可以使用禁忌的魔法
將屍體化為傀儡。

布萊德利・張

逃離大亞聯盟的軍人。
階級是中尉。

丹尼爾・劉

和張一樣是大亞聯盟的逃兵。
也是沖繩祕密破壞行動的主謀。

檜垣喬瑟夫

昔日大亞聯盟親侵略沖繩時，
和達也並肩作戰的魔法師軍人。
別名「遺族血統」的
前沖繩駐留美軍遺孤的子孫。

七草弘一

真由美的父親。
七草家當家。
也是超一流的魔法師。

二木舞衣

十師族「二木家」當家。
住在兵庫縣蘆屋。
表面職業是
數間化學工業、
食品工業公司的大股東。
負責監護阪神
與中國地區。

名倉三郎

受雇於七草家的強力魔法師。
主要擔任真由美的貼身護衛。

三矢 元

十師族「三矢家」當家。住在神奈川縣厚木。
表面職業（不太確定是否能這麼形容）
是跨國的小型兵器掮客。
負責運用至今依然在運作的第三研。

五輪勇海

十師族「五輪家」當家。住在愛媛縣宇和島。
表面職業是海運公司的高層，
實質上的老闆。
負責監護四國地區。

六塚溫子

十師族「六塚家」當家。住在宮城縣仙台。
表面職業是地熱發電所挖掘公司的實質老闆。
負責監護東北地區。

八代雷藏

十師族「八代家」當家。住在福岡縣。
表面職業是大學講師以及數間通訊公司的大股東。
負責監護沖繩以外的
九州地區。

十文字和樹

十師族「十文字家」當家。住在東京都。
表面職業是做國防軍生意的
土木建設公司老闆。
和七草家一起負責監護
包含伊豆的關東地區。

東道青波

八雲稱他為「青波高僧閣下」。
如同僧侶般剃髮的老翁，
但真實身分不明。
依照八雲的說法是
四葉家的贊助者。

遠山（十山）司

輔佐十師族的
師補十八家「十山家」的魔法師。
存在目的不是保護國民，
而是保護國家機能。

部分插圖協助／魔法科高中製作委員會

Glossary
用語解說

魔法科高中
國立魔法大學附設高中的通稱，全國總共設立九所學校。
其中的第一至第三高中，每學年招收兩百名學生，
並且分為一科生與二科生。

花冠、雜草
第一高中用來形容一科生與二科生階級差異的隱語。
一科生制服的左胸口繡著以八枚花瓣組成的徽章，
不過二科生制服沒有。

一科生的徽章

CAD
簡化魔法發動程序的裝置，
內部儲存使用魔法所需的程式。
分成特化型與泛用型，外型也是各有不同。

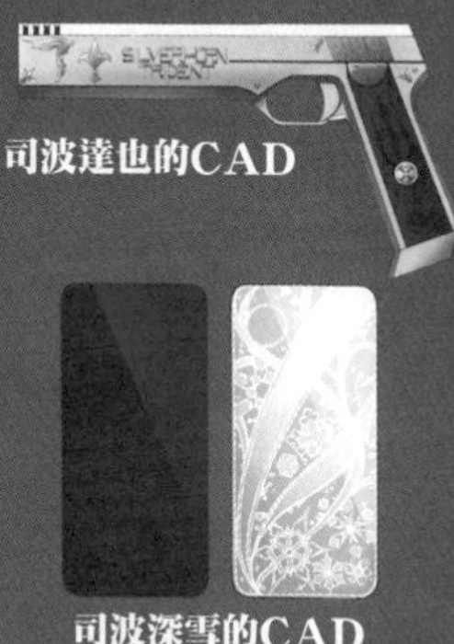
司波達也的CAD

司波深雪的CAD

Four Leaves Technology〔FLT〕
國內一家CAD製造公司。
原本該公司製造的魔法工學零件比成品有名，
但在開發「銀式」之後，
搖身一變成為知名的CAD製造公司。

托拉斯・西爾弗
短短一年就讓特化型CAD的軟體技術進步十年，
而為人所稱頌的天才技師。

Eidos〔個別情報體〕
原為希臘哲學用語。在現代魔法學，個別情報體指的是
「伴隨事物現象而來的情報」，是「事象」曾經存在於
「世界」的記錄，也可以說是「事象」留在「世界」的足跡。
依照現代魔法學的定義，「魔法」就是修改個別情報體，
藉以改寫個別情報體所代表的「事象」的技術。

Idea〔情報體次元〕
原為希臘哲學用語。在現代魔法學，情報體次元指的是「用來記錄個別情報體的平台」。
魔法的原始形態，就是將魔法式輸入這個名為「情報體次元」的平台，
改寫平台裡「個別情報體」的技術。

啟動式
為魔法的設計圖，用來構築魔法的程式。
啟動式的資料檔案，是以壓縮形式儲存在CAD，魔法師輸入想子波展開程式之後，
啟動式會依照資料內容轉換為訊號，並且回傳給魔法師。

想子
位於靈異現象次元的非物質粒子，記錄認知與思考結果的情報元素。
成為現代魔法理論基礎的「個別情報體」，成為現代魔法骨幹的「啟動式」和
「魔法式」技術，都是由想子建構而成。

靈子
位於靈異現象次元的非物質粒子。雖然已經確認其存在，但是形態與功能尚未解析成功。
一般的魔法師，頂多只能「感覺到」活化狀態的靈子。

魔法師
「魔法技能師」的簡稱。能將魔法施展到實用等級的人，統稱為魔法技能師。

魔法式
用來暫時改變伴隨事物現象而來的情報之情報體。由魔法師持有的想子構築而成。

魔法演算領域

構築魔法式的精神領域，也就是魔法資質的主體。該處位於魔法師的潛意識領域，魔法師平常可以意識到魔法演算領域並且使用，卻無法意識到內部的處理過程。對魔法師本人來說，魔法演算領域也堪稱是個黑盒子。

魔法式的輸出程序

❶從CAD接收啟動式，這個步驟稱為「讀取啟動式」。
❷在啟動式加入變數，送入魔法演算領域。
❸依照啟動式與變數構築魔法式。
❹將構築完成的魔法式，傳送到潛意識領域最上層暨意識領域最底層的「基幹」，從意識與潛意識之間的「閘門」輸出到情報體次元。
❺輸出到情報體次元的魔法式，會干涉指定座標的個別情報體進行改寫。

「實用等級」魔法師的標準，是在施展單一系統暨單一工序的魔法時，於半秒內完成這些程序。

魔法的評價基準（魔法力）

構築想子情報體的速度是魔法的處理能力、
構築情報體的規模上限是魔法的容納能力、
魔法式改寫個別情報體的強度是魔法的干涉能力，
這三項能力總稱為魔法力。

始源碼假說

主張「加速、加重、移動、振動、聚合、發散、吸收、釋放」四大系統八大種類的魔法，各自擁有正向與負向共計十六種基礎魔法式，以這十六種魔法式搭配組合，就能構築所有系統魔法的理論。

系統魔法

歸類為四大系統八大種類的魔法。

系統外魔法

並非操作物質現象，而是操作精神現象的魔法統稱。
從使喚靈異存在的神靈魔法、精靈魔法，或是讀心、靈魂出竅、意識操控等，包括的種類琳琅滿目。

十師族

日本最強的魔法師集團。一条、一之倉、一色、二木、二階堂、二瓶、三矢、三日月、四葉、五輪、五頭、五味、六塚、六角、六鄉、六本木、七草、七寶、七夕、七瀨、八代、八朔、八幡、九島、九鬼、九頭見、十文字、十山共二十八個家系，每四年召開一次「十師族甄選會議」，選出的十個家系就稱為「十師族」。

含數家系

如同「十師族」的姓氏有一到十的數字，「百家」之中的主流家系姓氏也有十一以上的數字，例如「『千』代田」、「『五十』里」、「『千』葉」家。
數字大小不代表實力強弱，但姓氏有數字就代表血統純正，可以作為推測魔法師實力的依據之一。

失數家系

亦被簡稱「失數」，是「數字」遭受剝奪的魔法師族群。
昔日魔法師被視為兵器暨實驗樣本的時候，評定為「成功案例」得到數字姓氏的魔法師，要是沒有立下「成功案例」應有的成績，就得接受這樣的烙印。

各式各樣的魔法

● 悲嘆冥河

凍結精神的系統外魔法。凍結的精神無法命令肉體死亡，
中了這個魔法的對象，肉體將會隨著精神的「靜止」而停止、僵硬。
依照觀測，精神與肉體的相互作用，也可能導致部分肉體結晶化。

● 地鳴

以獨立情報體「精靈」為媒介振動地面的古式魔法。

● 術式解散

把建構魔法的魔法式，分解為構造無意義的想子粒子群的魔法。
魔法式作用於伴隨事象而來的情報體，基於這種性質，魔法式的情報結構一定會曝光，無法防止外力進行干涉。

● 術式解體

將想子粒子群壓縮成塊，不經由情報體次元直接射向目標物引爆，摧毀目標物的啟動式或魔法式這種紀錄魔法的想子情報體，屬於無系統魔法。
即使歸類為魔法，但只是一種想子砲彈，結構不包含改變事象的魔法式，因此不受情報強化或領域干涉的影響。此外，砲彈本身的壓力也足以反彈演算干擾的影響。由於完全沒有物理作用力，任何障礙物都無法防堵。

● 地雷原

泥土、岩石、砂子、水泥，不拘任何材質，
總之只要是具備「地面」概念的固體，就能施以強力振動的魔法。

● 地裂

由獨立情報體「精靈」為媒介，以線形壓潰地面，
使地面乍看之下彷彿裂開的魔法。

● 乾冰雹暴

聚集空氣中的二氧化碳製作成乾冰粒，
將凍結過程剩餘的熱能轉換為動能，高速射出乾冰粒的魔法。

● 迅襲雷蛇

在「乾冰雹暴」製造乾冰顆粒時，凝結乾冰氣化產生的水蒸氣，
溶入二氧化碳氣體使其形成高導電霧，再以振動系與釋放系魔法產生摩擦靜電。以溶入碳酸的水霧或水滴為導線，朝對方施展電擊的組合魔法。

● 冰霧神域

振動減速系廣域魔法。冷卻大容積的空氣並操縱其移動，
造成廣範圍的凍結效果。
簡單來說，就像是製造超大冰箱一樣。
發動時產生的白霧，是在空中凍結的冰或乾冰。
但要是提升層級，有時也會混入凝結為液態氮的霧。

● 爆裂

將目標物內部液體氣化的發散系魔法。
如果是生物就是體液氣化導致身體破裂，
如果是以內燃機為動力的機械就是燃料氣化爆炸。
燃料電池也不例外。即使沒有搭載可燃的燃料，無論是電池液、油壓液、冷卻液或潤滑液，世間沒有機械不搭載任何液體，因此只要「爆裂」發動，幾乎所有機械都會毀損而停止運作。

● 亂髮

不是指定角度改變風向，而是為了造成「絆腳」的含糊結果操作氣流，以極接近地面的氣流促使草葉纏住對方雙腳的古式魔法。只能在草長得夠高的原野使用。

魔法劍

使用魔法的戰鬥方式，除了以魔法本身為武器作戰，還有以魔法強化、操作武器的技術。
以魔法配合槍、弓箭等射擊武器的術式為主流，不過在日本，劍技與魔法組合而成的「劍術」也很發達。
現代魔法與古式魔法兩種領域，都開發出堪稱「魔法劍」的專用魔法。

1.高頻刃

高速振動刀身，接觸物體時傳導超越分子結合力的振動，將固體局部液化之後斬斷的魔法。和防止刀身自我毀壞的術式配套使用。

2.壓斬

使劍尖朝揮砍方向的水平兩側產生排斥力，將劍刃接觸的物體像是左右推壓般割斷的魔法。排斥力場細得未滿一公釐，強度卻足以影響光波，因此從正面看劍尖是一條黑線。

3.童子斬

被視為源氏祕劍而相傳至今的古式魔法。遙控兩把刀再加上手上的刀，以三把刀包圍對手並同時砍下的魔法劍技。以同音的「童子斬」隱藏原本「同時斬」的意義。

4.斬鐵

千葉一門的祕劍。不是將刀視為鋼塊或鐵塊，而是定義為「刀」這種單一概念，依循魔法式所設定的刀路而動的移動系統魔法。被定義為單一概念的「刀」如同單分子結晶之刃，不會折斷、彎曲或缺角，將會沿著刀路劈開所有物體。

5.迅雷斬鐵

以專用武裝演算裝置「雷丸」施展的「斬鐵」進化型。將刀與劍士定義為單一集合概念，因此從接觸敵人到出招的一連串動作，都能毫無誤差地高速執行。

6.山怒濤

以全長一八〇公分的大型專用武器「大蛇丸」所施展的千葉一門的祕劍。將己身與刀的慣性減低到極限並高速接近對手，在交鋒瞬間將至今消除的慣性疊加，提升刀身慣性後砍向對方。這股偽造的慣性質量和助跑距離成正比，最高可達十噸。

7.薄翼蜻蜓

將奈米碳管編織為厚度十億分之五公尺的極致薄膜，再以硬化魔法固定為全平面而化為刀刃的魔法。薄翼蜻蜓製成的刀身比任何刀劍或剃刀都要銳利，但術式不支援揮刀動作，因此術士必須具備足夠的刀劍造詣與臂力。

魔法技能師開發研究所

西元二〇三〇年代，日本政府因應第三次世界大戰當前而緊張化的國際情勢，接連設立開發魔法師的研究所。研究目的不是開發魔法，始終是開發魔法師，為了製造出最適合使用所需魔法的魔法師，基因改造也在研究範圍。

魔法技能師開發研究所設立了第一至第十共十所，至今依然有五所運作中。

各研究所的細節如下所述：

魔法技能師開發第一研究所

二〇三一年設立於金澤市，現在已關閉。

開發主題是進行對人戰鬥時直接干涉生物體的魔法。氣化魔法「爆裂」是衍生形態之一。不過，操作人體動作的魔法可能會引發傀儡攻擊（操作他人進行的自殺式恐怖攻擊），因此禁止研發。

魔法技能師開發第二研究所

二〇三一年設立於淡路島，運作中。

和第一研的主題成對，開發的魔法是干涉無機物的魔法。尤其是關於氧化還原反應的吸收系魔法。

魔法技能師開發第三研究所

二〇三二年設立於厚木市，運作中。

目的是開發出能獨力應付各種狀況的魔法師，致力於多重演算的研究。尤其竭力實驗測試可以同時發動、連續發動的魔法數量極限，開發可以同時發動複數魔法的魔法師。

魔法技能師開發第四研究所

詳情不明，推測位於前東京都與前山梨縣的界線附近，設立時間則估計是二〇三三年。現在宣稱已經關閉，而實際狀況也不明。只有前第四研不是由政府，是對國家具備強大影響力的贊助者設立。傳聞現在該研究所從國家獨立出來，接受贊助者的支援繼續運作，也傳聞該贊助者實際上從二〇二〇年代之前就經營著該研究所。

據說其研究目標是試圖利用精神干涉魔法，強化「魔法」這種特異能力的源泉，也就是魔法師潛意識領域的魔法演算領域。

魔法技能師開發第五研究所

二〇三五年設立於四國的宇和島市，運作中。

研究的是干涉物質形狀的魔法。主流研究是技術難度較低的流體控制，但也成功研究出干涉固體形狀的魔法。其成果就是和USNA共同開發的「巴哈姆特」。加上流體干涉魔法「深淵」，該研究所開發出兩個戰略級魔法，是國際聞名的魔法研究機構。

魔法技能師開發第六研究所

二〇三五年設立於仙台市，運作中。

研究如何以魔法控制熱量。和第八研同樣偏向是基礎研究機構，相對的缺乏軍事色彩。不過除了第四研，據說在魔法技能師開發研究所之中，第六研進行基因改造實驗的次數最多（第四研實際狀況不明）。

魔法技能師開發第七研究所

二〇三六年設立於東京，現在已關閉。

主要開發反集團戰鬥用的魔法，群體控制魔法為其成果。第六研的軍事色彩不強，促使第七研成為兼任戰時首都防衛工作的魔法師開發研究設施。

魔法技能師開發第八研究所

二〇三七年設立於北九州市，運作中。

研究如何以魔法操作重力、電磁力與各種強弱不同的交互作用力。基礎研究機構的色彩比第六研更濃厚，但是和國防軍關係密切，這一點和第六研不同。部分原因在於第八研的研究內容很容易連結到核武開發，在國防軍的保證之下，才免於被質疑暗中開發核武。

魔法技能師開發第九研究所

二〇三七年設立於奈良市，現在已關閉。

研究如何將現代魔法與古式魔法融合，試圖藉由讓現代魔法吸收古式魔法的相關知識，解決現代魔法不擅長的各種課題（例如模糊不明確的術式操作）。

魔法技能師開發第十研究所

二〇三九年設立於東京，現在已關閉。

和第七研同樣兼具防衛首都的目的，研究如何在空間產生虛擬結構物的領域魔法，作為遭遇高火力攻擊的防禦手段。各式各樣的反物理護壁魔法為其成果。

此外，第十研試圖使用不同於第四研的手段激發魔法能力。具體來說，他們致力開發的魔法師並非強化魔法演算領域本身，而是能讓魔法演算領域暫時超頻，因應需求使用強力的魔法。但是成功與否並未公開。

除了上述十間研究所，開發元素家系的研究所從二〇一〇年代運作到二〇二〇年代，但現今全部關閉。此外，國防軍在二〇〇二年設立直屬於陸軍總司令部的祕密研究機構，至今依然獨自進行研究。九島烈加入第九研之前，都在這個研究機構接受強化處置。

戰略級魔法師——十三使徒

現代魔法是在高度科技之中培育而成，因此能開發強力軍事魔法的國家有限，導致只有少數國家能開發匹敵大規模破壞兵器的戰略級魔法。

不過，開發成功的魔法會提供給同盟國，高度適合使用戰略級魔法的同盟國魔法師，也可能被認證為戰略級魔法師。

在2095年4月，各國認定適合使用戰略級魔法，並且對外公開身分的魔法師共十三名。他們被稱為「十三使徒」，公認是世界軍事平衡的重要因素。

十三使徒的國籍、姓名與戰略級魔法名稱如下所述：

USNA

安吉・希利鄔斯：「重金屬爆散」
艾里歐特・米勒：「利維坦」
羅蘭・巴特：「利維坦」
※其中只有安吉・希利鄔斯任職於STARS。艾里歐特・米勒位於阿拉斯加基地，羅蘭・巴特位於國外的直布羅陀基地，兩人基本上不會出動。

新蘇維埃聯邦

伊果・安德烈維齊・貝佐布拉佐夫：
「水霧炸彈」
列昂尼德・肯德拉切科：
「大地紅軍」
※肯德拉切科年事已高，基本上不會離開黑海基地。

大亞細亞聯盟

劉雲德：「霹靂塔」
※劉雲德已於2095年10月31日的對日戰鬥中戰死。

印度、波斯聯邦

巴拉特・錢德勒・坎恩：
「神焰沉爆」

日本

五輪 澪：「深淵」

巴西

米吉爾・迪亞斯：「同步線性融合」
※魔法式為USNA提供。

英國

威廉・馬克羅德：「臭氧循環」

德國

卡拉・施米特：「臭氧循環」
※臭氧循環的原型，是分裂前的歐盟因應臭氧層破洞而共同研發的魔法。後來由英國完成，依照協定向前歐盟各國公開魔法式。

土耳其

阿里・夏亨：「巴哈姆特」
※魔法式為USNA與日本所共同開發完成，由日本主導提供。

泰國

梭姆・查伊・班納克：「神焰沉爆」
※魔法式為印度、波斯聯邦提供。

The International Situation

2096年現在的世界情勢

以全球寒冷化為直接契機的第三次世界大戰──二十年世界連續戰爭大幅改寫了世界地圖。世界現狀如下所述：

USA合併加拿大以及墨西哥到巴拿馬等各國，組成北美利堅大陸合眾國（USNA）。

俄羅斯再度吸收烏克蘭與白俄羅斯，組成新蘇維埃聯邦（新蘇聯）。

中國征服緬甸北部、越南北部、寮國北部以及朝鮮半島，組成大亞細亞聯盟（大亞聯盟）。

印度與伊朗併吞中亞各國（土庫曼、烏茲別克、塔吉克、阿富汗）以及南亞各國（巴基斯坦、尼泊爾、不丹、孟加拉、斯里蘭卡），組成印度、波斯聯邦。

亞洲阿拉伯其餘國家，分區締結軍事同盟，對抗新蘇聯、大亞聯盟以及印度、波斯聯邦三大國。

澳洲選擇實質鎖國。

歐洲整合失敗，以德國與法國為界分裂為東西兩側。東歐與西歐也沒能各自整合為單一國家，團結力甚至不如戰前。

非洲各國半數完全消滅，倖存的國家也只能勉強維持都市周邊的統治權。

南美除了巴西，都處於地方政府各自為政的小國分立狀態。

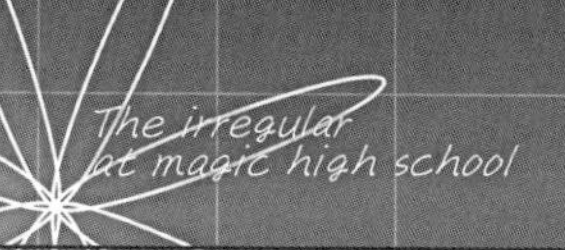

這則新聞是在二〇九七年四月一日上午七點傳到日本。

昨晚從沖繩返家的達也等人，也在吃早餐時看到這則插播新聞。

「……這不是愚人節的題材吧？」

「我情願它是惡質玩笑。」

深雪以戰戰兢兢不敢相信的語氣詢問，達也眉頭深鎖如此回答。

達也操作手上的遙控器，將飯廳的中型螢幕分割成四個畫面。不同頻道的新聞以字幕顯示，而且全部報導相同的壞消息。

「……看來不是開玩笑。」

南美大陸的前玻利維亞，聖克魯斯地區，當地時間三月三十一日下午五點。巴西軍方和獨立派武裝游擊軍交戰三個月，陷入劣勢的巴西軍隊使用了戰略級魔法「同步線性融合」。

「爆發規模推測數千噸嗎……問題在於使用魔法當時的狀況。如果地點在山區或荒野，受害大概僅止於戰鬥人員吧。」

「如果是在市區或難民營附近使用呢……？」

「那個區域屢次成為戰場，肯定沒太多居民才對。」

達也剛回答深雪這個問題，新聞就播報巴西軍方的正式聲明。

「……爆炸中心是游擊軍當成據點的無人城鎮中央。犧牲者只有武裝游擊軍成員，死者大約數千人嗎……」

唸出畫面文字的達也表情蒙上陰影。雖然臉色並未蒼白，雙眼卻深沉漆黑。

在深雪與水波掛著不安表情的注視之下，達也難得結結巴巴地說下去：

「我不認為應付這種程度的人數，需要解除『同步線性融合』的封印。」

「那麼，實際的犧牲者……」

「現階段只能說肯定更多。不過，應該可以確定並非只有戰鬥人員傷亡。」

「怎麼這樣！」

達也的推測令深雪哀號。

達也伸出右手，包覆坐在正對面的深雪左手。

深雪不像以往陶醉忘我。不過，內心的慌張略為平息。

「因為在游擊軍裡，是不是戰鬥人員的界線很模糊。以正規軍來說，補給部隊也算是戰鬥人員，不過提供物資或勞力給游擊軍的人們，大致歸類為非戰鬥人員。」

達也說到這裡，將自己原本放在深雪左手上的右手，移動到她頭上。

「再怎麼苦惱，現在的我們也無能為力。」

達也撥亂深雪的頭髮。這個行為本身有點粗暴，但是動作很溫柔。

深雪以手指梳理頭髮，稍微瞪了達也一眼，不過看起來很開心。

看到深雪心情平復，達也再度看向播放新聞的螢幕。

「話說回來，巴西這麼乾脆就認可使用戰略級魔法啊……」

達也自言自語般輕聲說。

這只是表達內心的疑問，但是不知為何，聽在深雪耳裡像是「即將進入很乾脆就能使用戰略級魔法的時代」這樣的不祥預言。

突然竄過背脊的寒意，使得深雪微微發抖。

早上九點。雖然是春假，達也他們三人依然來到學校。

關於戰略級魔法使用的後續報導令人在意，無奈已經有行程了。由於直到前天都在沖繩，入學典禮的準備進度稍微延宕，今天要討論相關事宜。

梓他們已經畢業，再過幾天，達也等人就升上三年級，也就是最高年級。學生會的交接按照往例在去年十月完成，但如今名副其實站上一高學生的頂點。

就算這麼說，達也並沒有特別的感慨。也不像深雪因為責任感更強而暗自熱血起來。他只祈禱盡量不要發生麻煩事。

達也、深雪、水波依序進入學生會室，泉美、香澄以及擔任新生總代表的新一年級學生已經在等了。香澄是代理不克前來的風紀委員長。

新生總代表三矢詩奈似乎認識泉美她們，達也等三人入內時，她們正在愉快聊天。

「深雪學姊，好久不見！啊……您今天還是一樣漂亮……不對，是更加美麗動人……」

不過，泉美一認出深雪，就以幾乎要踹倒自己椅子的氣勢衝過來。

「早安，泉美學妹。我不在的這段期間，妳幫忙進行各方面的準備，謝謝妳。」

深雪對泉美「熱烈」的歡迎感到畏縮，但表面上笑咪咪地慰勞泉美。

「深雪學姊，您這樣稱讚我擔當不起！啊，我這麼幸福沒關係嗎……」

泉美不只是嘴裡這麼說，也一副隨時要昏倒的樣子。

「泉美學妹，妳太誇張了啦。」

深雪笑著訓誡泉美，語氣卻沒有很衝。光用說的改變不了什麼。深雪也已經學習這一點。

「香澄學妹也早安。擔任吉田同學的代理，辛苦妳了。」

「會長、司波學長、櫻井同學，早安。」

香澄代替心花怒放的雙胞胎妹妹，依照學弟妹的禮儀打招呼。達也與水波回應她，氣氛沉穩下來之後，深雪看向新生。

「早安。三矢學妹，初次見面。我是第一高中學生會長司波深雪。」

「會長早安。我是三矢詩奈，初次見面。」

深雪笑咪咪地說完，詩奈一臉緊張地鞠躬。深褐色宛如棉花的輕柔頭髮微微彈跳，勾在她戴的耳機。抬起頭的詩奈露出「啊……！」的表情，連忙要取下耳機。

不過深雪制止了她。

「沒關係。我知道原因。」

「……不好意思。入學典禮的時候，我會改成不顯眼的款式。」

詩奈難為情地說完低下頭。但不只是深雪，達也與水波都沒責備她在即將就讀的學校學長姊面前戴著耳機。原本就和她有交情的泉美與香澄不用說，在場所有人都知道詩奈的「苦衷」。

詩奈不是在聽音樂或廣播。她的耳機是一種耳塞。所以與其說是耳機，反倒應該稱為頭戴式耳罩吧。和普通耳罩的不同點，在於耳罩部位內建收音與揚聲裝置。詩奈之所以戴這種東西，是因為她無法承受太大的聲音。

和聽覺過敏不太一樣。以她的狀況，聽覺真的過於敏銳。即使是普通人絕對聽不到的細微空氣振動，詩奈都可以接收為聲音。

她的這個「症狀」隨著魔法力的成長而明顯，推測和美月的靈子放射光過敏症一樣，起因於魔法層面的知覺能力。

不過，詩奈和美月的不同之處，在於她接收的對象不是想子或靈子的波動，是物理性質的聲音。問題不在魔法知覺的控制。

為她診斷的魔法研究員推測，她總是下意識地使用強化己身聽覺的魔法，卻沒觀測到魔法發動的徵兆。以魔法強制弱化聽覺反倒會產生副作用，害她對於魔法的知覺也一起麻痺。如果只是要正常過生活，這個做法就可以解決問題，不過會成為魔法師的嚴重缺陷。

到最後，詩奈使用這種特製耳塞，不只是幾乎能完全阻絕聲音，而且內建揚聲裝置，自動將外部聲音調節成詩奈可以承受的音量，協助她兼顧日常生活以及魔法師人生。

詩奈出席公共場合時，使用可以藏進頭髮的頸掛式耳罩。不過耳罩內建外部收音裝置以及適度調整音量的揚聲裝置，無論如何都會有一定的重量。所以使用長戴不會對外耳造成負擔的頭戴式比較輕鬆。

「在入學典禮，最好改成不太起眼的款式。不過我認為平常在學校戴這種就好。包含教職員在內，本校肯定沒人在意這種事。所以現在也不必在意。」

「好的……謝謝司波學長。」

達也這番話是為了順利推動會議進行，另一個目的則是告知學生會許可她「平時」戴耳機。

由於一個不小心可能被誤會是在訓誡，所以達也判斷最好別讓深雪說這件事。

不過，詩奈似乎解釋成達也在關心她，所以露出不好意思的笑容低頭致意。就達也看來，雖然比不上深雪，她的鞠躬也相當漂亮。

即使如此，達也這番話多少去除詩奈內心「或許搞砸了」的不安。後續的入學典禮討論會議以祥和的氣氛進行。

「我認為致詞長度這樣剛剛好。」

「好的。」

深雪說完，詩奈沒點頭，而是出聲附和。

表情有點僵硬是因為還沒習慣，所以在所難免吧。

「如果沒自信背得起來，拿著稿子也沒關係。」

「不，應該……沒關係。」

「深雪學姊，沒問題喔。因為詩奈記性很好。」

泉美如此幫腔，詩奈客氣地露出微笑。

和詩奈的討論就像這樣順利進行，花了預定時間的三分之二就結束了。大概是因為深雪不在

的這段期間，泉美確實做了準備吧。

詩奈也迅速吸收程序內容，說明一次後不需要再重複。推測是香澄與泉美事前就對她詳細說明今天該決定的事項。

同為十師族，年齡也只差一歲，加上都住在首都圈，所以詩奈似乎和香澄她們很熟。三矢家的兄弟姊妹之中，只有詩奈的年齡小很多，交流的機會或許因而更多吧。

總之，和詩奈開會到十一點結束。深雪他們在校生還得留在學校處理事情，不過詩奈今天就此下台一鞠躬。

「詩奈，辛苦了。今天到這裡就好喔。」

泉美說完，香澄接話說。

「其實想和妳一起吃午餐，但時間還有點早。真可惜。」

香澄說完對她一笑。

詩奈隨即回以一個感覺有點畏縮的笑容。

「那個，我想和各位拉近距離，做了這個過來……」

詩奈說著，從放在腳邊的運動背包，取出像是郊遊會使用的籃子。

詩奈打開籃蓋。籃子裡整齊排列著每一塊都以蠟紙包好，大小方便單手拿的鬆餅三明治。烤成橢圓形的鬆餅是先對折再夾入鮮奶油與水果，大概是避免餡料跑出來弄髒手的巧思。

「哇，今天的看起來也好好吃！」

香澄不禁歡呼。如她所說，無論是外型、配色與隱約飄出的香氣，都令人食指大動。

「詩奈真的很擅長做點心耶。」

泉美也笑咪咪地看著籃子。

「深雪學姊，難得有這個機會，要不要吃吃看？」

「可以的話，請務必嚐嚐看。」

詩奈聽泉美說完，向深雪露出靦腆的笑容如此希望。

深雪看見達也以視線許可。

「三矢學妹，謝謝妳。那麼，我就不客氣了。」

她拿起一塊鬆餅，就這麼送進口中。

「好好吃。」

夾入滿滿鮮奶油的鬆餅三明治，深雪即使咬了一口，嘴脣與牙齒也完全沒沾到。她笑咪咪地稱讚詩奈的好手藝。

「那個，司波學長要不要也嚐嚐看？還是說，學長不喜歡吃甜的？」

眼角泛紅的詩奈，也戰戰兢兢地邀達也品嚐。

「我吃一塊吧。」

達也拿起巧克力鮮奶油口味，兩口就吃得清潔溜溜。琵庫希剛好端飲料過來，從她手中接過紙巾擦嘴的達也，臉上表情至少不是在勉強自己吃。

詩奈鬆一口氣，放鬆表情。

「水波也吃吧。」

達也說完，水波朝籃子伸手。

如同以此為暗號，泉美、香澄以及詩奈自己也依序拿起鬆餅三明治。

◇　◇　◇

擔心可能是多此一舉的手工點心獲得超出預期的好評，因此離開校舍的詩奈腳步輕盈。直到和深雪見面都充滿緊張與不安的心境，如今也傾向於「說不定意外地順利」的樂觀態度。

或許從一開始就不必怕成這樣，不過再怎麼說，那位學生會長是四葉家的繼承人。

即使同為十師族，四葉家也很特別。特別恐怖。世間評價四葉家與七草家是日本魔法界的雙璧，但四葉家的魔法實力出類拔萃。七草家只是以人數居優勢的政治力，打造出和四葉家並駕齊驅的假象——這是詩奈聽姊姊與哥哥說的。

所以，她一直提心弔膽，不知道初次見面的深雪是多麼恐怖的魔女。

詩奈之前就知道深雪的容貌。去年與前年的九校戰她都有去看。

然而，深雪過於美麗的外型，給詩奈「她不像人類」的印象。

深雪過於強大的魔法，在詩奈內心植入「她超越人類」的恐懼。

今年一月，詩奈得知司波深雪其實是四葉直系後代又是下任當家時，她絲毫不感意外，就只是深感認同。「極東魔王」的繼承人果然是「魔之王女」。她自然而然抱持這種想法。

不過，近距離面對面交談之後，感覺這份印象和事實相差甚遠。

美麗當然不在話下，氣質與威嚴也不是普通人。真的是王女……不，女王的風範。

不過，詩奈先入為主抱持的魔性恐懼，在今天感受不到。除了美麗非凡，實力非凡之外，深雪平凡到驚人的程度。看不出強大魔法師常有的古怪特質，詩奈甚至覺得有點掃興。

對人際關係的擔憂並沒有完全消除。另一個四葉——達也，使詩奈感受到真相不明的魄力以及深不見底的詭異。

不過，詩奈覺得這些要素也不會危害到她——只要不敵對。若能站在同一邊反倒可靠無比。只要三矢家沒有犯下和四葉家敵對的愚蠢行徑，就沒必要貿然感到恐懼。明白這一點也令詩奈內心變得輕盈。

或許是不安與緊張的反作用力導致有點浮躁。詩奈走出校門時聽到有人叫她「詩奈」，她差點跳了起來。

「侍郎……！」

詩奈好不容易免於做出奇怪舉動，卻無法克制地拉高了音調。

「詩奈，辛苦了。」

不過，剛才叫住詩奈，在這個時代留了罕見長髮的這名少年，不在意她誇張的驚慌反應。至少看起來不在意。

「你等我等到這個時候？我明明說過你可以先回去啊？」

「比我預料的早。何況我這個護衛不能留下妳這個主人回去吧？」

「護衛之類的，明明不用了……」

少年有點鬧彆扭的感覺，詩奈對他露出為難表情。

這名少年叫作矢車侍郎。生日和詩奈差兩天，從出生就來往至今，是貨真價實的青梅竹馬。此外，比較早出生的是詩奈。

矢車家是古式魔法師的家系，不過從三十多年前就和三矢家是僱傭關係。三矢家是雇主，矢車家全家是護衛兼家事幫傭的立場。

基於年齡相同的這個大好條件，侍郎肯定會成為詩奈的護衛。不過即將就讀魔法科高中時，這個預定取消了。

侍郎的魔法力成長不如預期。

他也和詩奈一起就讀第一高中，不過是二科生。

侍郎的父母勸他改考其他高中。侍郎有一個哥哥與一個姊姊，但兩人都沒就讀魔法科高中。矢車家的魔法原本就和現代魔法流派的教育不合。哥哥與姊姊的魔法教育，也是爺爺奶奶借用依然運作中的第三研一角進行。

侍郎不以為意依然想考魔法科高中的原因，這是為了就近保護詩奈。不過侍郎沒有最重要的魔法才能。不只是以現代魔法師的角度，以古式魔法師的角度也缺乏天分。

但是侍郎還是報考第一高中了。當事人使壞放話說「反正沒辦法當個正常人活下去」，不過三矢家的人都知道，他這麼做是為了詩奈與家人。

到最後，侍郎沒獲得護衛詩奈的職責，卻被認可和詩奈共度高中生活。獲准和至今一樣待在詩奈身旁。

「所以，怎麼樣？」

侍郎無視於詩奈「不需要護衛」這句話（其實不是這個意思，但侍郎這麼解釋），詢問再度朝車站踏出腳步的青梅竹馬少女。

「什麼怎麼樣？」

只是他問得太過抽象，詩奈聽不懂他在問什麼。就算是青梅竹馬，也不是隨時心有靈犀。

「什麼怎麼樣？就是……」

但侍郎似乎認為不用講得太詳細，詩奈也當然可以理解。侍郎慢半拍開始思考自己具體來說想問什麼，看起來非常心急。

「那個……我想問的是見過四葉家的人之後怎麼樣。詩奈，妳今早看起來憂心忡忡吧？」

「嗯，這方面的話沒問題。暫且不提司波學長，司波會長感覺人很好。」

「妳說暫且不提……這樣沒問題嗎？」

侍郎擔心（應該說警戒）的不是深雪，是達也。因為詩奈再怎麼說也是女生，是美少女。侍郎認為男人即使已經有多麼漂亮的女友，也不會對美少女不感興趣。聽到詩奈說「暫且不提司波學長」，他難免心懷擔憂。

「你問我有沒有問題，是指司波學長嗎？」

「沒錯。如果他看起來危險，那最好不要單獨見他……」

侍郎是一本正經如此忠告。

不過聽在詩奈耳裡似乎是無聊的玩笑話，她輕聲一笑。

「侍郎，就算不是司波學長，我也不會單獨見任何男生啊？」

「我不是這個意思！」侍郎不高興地想要反駁。

然而，詩奈搶先以呢喃般的聲音補充。

「不過，你是在擔心我吧？謝謝。」

「我……我擔心妳是理所當然的。因為我是妳的護衛。」

侍郎害臊移開視線，以愛理不理的語氣如此回答。

詩奈在侍郎看不見的位置偷笑。對於侍郎「自稱」是她的護衛，她沒多說什麼。

以詩奈提供的點心享受早茶時光而延後的午餐席上，達也命令琵庫希在螢幕播放關於「同步線性融合」使用的新聞。

香澄與泉美沒提出異議。看來大家都關切這則重大事件。總是分割成小畫面的牆面螢幕大大播放最新的新聞錄影，達也以外的四人不禁停下手上的筷子。

「各新聞台，幾乎都播報，相同的，內容。」

琵庫希不是以源自寄生物的心電感應，而是以機械軀體具備的音箱補充說明。說起話來不是很流利，因為不同於魔法技術領域，達也在這方面終究是外行人。

即使如此，如果聽得懂就不成問題。達也點頭回應琵庫希，立刻將視線移回畫面。

只不過無須注視畫面，從耳朵就能獲得必要的情報。

依照新聞主播告知的受害者最新資料，大約是九千人死亡，三千人受傷。比起今天早上的第

一手報導大幅增加。犧牲人數隨著狀況明朗化而增加，這種事幾乎放諸任何事件皆準，不過在今天早上的時間點，新聞報導死者約一千人。差距過於懸殊，可見當地想隱瞞真相卻不太順利。

使用大規模破壞兵器的部分原因，肯定是要以龐大的犧牲重挫敵方抵抗的意願，所以低報敵方損害是矛盾的行為，不知道是巴西政府內部沒達成共識，還是犧牲者屬於不能公開的類型。

一天的戰鬥就造成合計一萬兩千人傷亡，這個被害規模也是近年罕見（「灼熱萬聖節」是例外），不過達也更在意死者與傷者的人數比例失衡。

「同步線性融合」是何種魔法，連達也都不知道箇中機制，卻知道看起來是什麼樣子，也知道會造成何種結果。

「重金屬爆散」、「利維坦」、「水霧炸彈」、「大地紅軍」、「霹靂塔」、「深淵」、「同步線性融合」、「神焰沉爆」、「臭氧循環」、「巴哈姆特」。在十三名魔法師使用的十種戰略級魔法中，效果與樣貌都沒公開的只有新蘇聯的伊果．安德烈維齊．貝佐布拉佐夫使用的「水霧炸彈」。其他魔法發動時的樣貌與效果，都已經確認其一或其二。

在這些公開的戰略級魔法中，「同步線性融合」也是性質最為人所知的魔法。發動時的狀態易於觀測，換句話說就是發動過程太搶眼難以隱瞞，以及巴西軍方積極進行軍力展示。

「同步線性融合」是讓高密度的氫等離子雲在距離數公里到數十公里的兩側加速接近，等離子雲在中間點，也就是攻擊目標的上空對撞引發核融合反應，以熱能與衝擊波破壞對象區域。

要得到匹敵戰略核武的威力，構成等離子雲的無數質子，必須每顆都幾乎在同一時間對撞。究竟要如何進行如此細膩的操作？這個最重要的部分沒有揭曉，不過該魔法的效果等同於純氫核融合炸彈。破壞力和爆炸中心的距離立方值成反比。換句話說，愈是遠離等離子雲對撞地點，殺傷力就急遽下降。

即使如此，本次戰鬥的死者人數遠超過傷者。在平均人口密度本來就低的區域造成許多人犧牲，而且死亡比率極高。如果原因在於鎖定敵方兵力集結的狀態下手就不成問題。不對，在人道方面大有問題，但在軍事方面來說，造成這個結果的魔法師不該受到譴責。

然而，如果這是鎖定大規模難民營的中央區域……

本次成為戰場的地點，是前玻利維亞的聖克魯斯地區。別名第三次世界大戰的世界各區域紛爭難分難解之際，該地區一度納為巴西領土，現在實質上卻是由獨立派武裝游擊軍統治。這個區域至今也斷續上演巴西軍與游擊軍的戰鬥，許多人受到戰火波及成為難民。這次戰鬥的犧牲者可能是這些難民。

在對付游擊軍的戰鬥中，這絕對不是不可能發生的事。而且說來遺憾，反倒是很可能執行的作戰。如果是蓄意進行這種非戰鬥人員的屠殺行動，不只是下令者，執行者也不免遭受批判。

在這個場合，如果批判對象僅止於巴西軍的戰略級魔法師米吉爾·迪亞斯還算好，但也十足有可能演變成所有魔法師被貼上「人道大敵」這樣的標籤。

發現這個不祥的可能性，使得達也憂鬱起來。

即使吃完午餐關掉新聞，學生會室依然籠罩沉悶的氣氛，但入學典禮的準備工作俐落進行。達也與深雪不用說，香澄、泉美與水波也展現內心堅強的一面。

「今天到此為止吧。」

深雪宣布今天工作結束的時候，時間才下午四點出頭。

「那個，深雪學姊……」

準備回家的時候，泉美略顯猶豫朝深雪搭話。

「泉美學妹，什麼事？」

「光井學姊的狀況怎麼樣？如果方便探視……」

穗香今天請病假。她剛從九米島回到東京就發燒。即使是在南國沖繩，這時期穿泳裝到處跑大概還是太早了。

「今天休養一天就會康復的樣子。我收到謝絕探視的郵件。」

如果是穗香自己這麼說，深雪或許也會擔心她在逞強。不過寄這封郵件通知的是雫。雫不可能放任穗香逞強，所以深雪認為可以相信「一天就康復」的說法。

何況要是泉美去探視，深雪當然也會同行，達也必然跟著一起去。重病或重傷暫且不提，若深雪應該不想讓達也看到，穗香想必也是如此吧。

「這樣啊……」

「如果明天還沒退燒，我就想去探視，泉美學妹也這麼做吧？」

「方便和您一起去嗎？」

「嗯，那當然。」

「知道了！我一定會這麼做！」

感覺目的稍微改變，但是能夠順利說服泉美，深雪也鬆了口氣。

多虧泉美失焦的興奮心情，因為戰略級魔法造成多人死傷的新聞而消沉的氣氛也開朗了些。

◇　◇　◇

深雪等人的注意力得以從同步線性融合發動的震撼移開，然而將魔法師視為危險因子的「無法使用魔法的人們」可沒辦法這樣。

至今的反魔法師運動，大多在另一方面也用來宣洩人們對社會的不平與不滿。世人對於魔法這種力量的恐懼確實存在，不過有一大部分認為魔法師在政府的管控之下。

然而，這次政府正式承認使用戰略級魔法，無法使用魔法的人們，內心的恐懼一口氣浮現。

關於二〇九五年十月底毀滅大亞聯盟海軍基地的攻擊，日本政府完全沒公開詳情。即使他國透過外交管道正式詢問，或是媒體要求情報解禁，也只以「這是國防機密」一句話拒絕回答。

從狀況來看，那場大破壞明顯使用了戰略級魔法，日本政府卻不承認。這麼做當然是為了隱瞞可能成為日本軍事王牌的「戰略級魔法師大黑龍也特尉」，同時在另一方面，也是不想將這次在實戰使用大量破壞殺戮魔法的行徑正當化。因為要是承認這件事，遭受他國戰略級魔法攻擊的風險也會增加。

就算是眾所皆知的祕密，只要當事人不承認就有其意義。既然沒有公開承認，就代表不會公開使用。即使像二〇九五年十月三十一日那樣，在必要的時候使用，也會為「做決定」設下強烈的心理制止器。

已經公開的大規模破壞兵器，其實也具備相同的制動機制。也就是原則上不會「主動」使用大規模毀滅性武器。戰略級魔法也是基於這個原則而避免投入實戰。

不過，巴西軍這次以態度表示會將戰略級魔法視同其他的兵器一樣使用。雖然沒發出這樣的聲明，但是這麼乾脆許可使用同步線性融合也等於是默認。該魔法難以隱藏的性質，可以成為准許使用的理由，卻不是決定性的要素。巴西政府判斷使用戰略級魔法並非解決紛爭的禁忌手段。這也造成本次同步線性融合的使用，以及承認這項行動的官方聲明。

在軍事的世界，對於戰略級魔法使用的心理障礙，因為「灼熱萬聖節」而大受撼動。這道障理解這一點的人民，反應比以往更加激烈。

北美利堅大陸合眾國（USNA）新墨西哥州羅斯維爾郊外。當地時間四月一日下午三點，日本時間四月二日上午六點。

「妳說墨西哥有人造反？」

少女的叫聲響遍USNA軍統合參謀總部直屬魔法師部隊STARS的總部。

「希兒薇，這當成愚人節的玩笑也很惡劣喔。」

總隊長安潔莉娜・希利鄔斯，朝著希兒薇雅・瑪裘利・法斯特准尉擠出抽搐的笑容。在日本的祕密作戰結束之後，希兒薇雅就穩居安潔莉娜副官的地位。

莉娜期待希兒薇雅露出壞心眼的笑容回應「穿幫了嗎」。

但希兒薇雅沒露出一絲笑容，表情十分正經。

「總隊長，這是事實。」

她說。

「……真的？」

「當地時間九點五十分，在北墨西哥州的蒙特雷市，反魔法師團體發動大規模的暴動。雖然州軍出動鎮壓，卻有部分部隊突然朝自軍開火，就這麼和暴徒會合。另外，當時的射擊似乎是警告意義，沒有造成傷亡。」

莉娜戰戰兢兢問完，希兒薇雅裝出辦正事的語氣回答。

順帶一提，「北墨西哥州」是墨西哥被USNA合併時劃分的行政區域。前墨西哥合眾國重新分區，分別是北迴歸線以北包含下加利福尼亞州的北墨西哥州、以墨西哥市為中心的南墨西哥州，以及從特萬特佩克地峽到猶加敦半島的東墨西哥州。

「州軍和暴徒會合？究竟為什麼會這樣……」

「問題似乎在於巫軍和州軍一起出動。」

「低階魔法師組成的巫軍，被派去鎮壓反魔法師團體？這等於是火上加油吧！」

州軍（National Guard）是隸屬於州政府，不含魔法師兵力的維安部隊。

相對的，巫軍是連STARS候補都當不上的低階魔法師士兵集結編組而成，接受聯邦政府指揮的國內維安部隊。

從原本的性質來看，這兩個組織本來就交惡。這次卻還派出以魔法師構成的巫軍鎮壓這場反魔法師的暴動。甚至會讓人誤以為政府有人故意要將事情鬧大。

「是誰下這個命令的？究竟在想什麼？」

「政府的哪個層級基於什麼意圖命令巫軍出動，現在不得而知。不過，事態的演變應該超出那個人的預期吧。」

「……什麼意思？」

希兒薇雅始終以平淡語氣回答，似乎讓莉娜也稍微冷靜。沒有驚訝或發怒，展現出想要冷靜面對事件的模樣。

「放棄任務加入暴動行列的州兵集團，好像原本就對魔法師抱持否定態度。剛開始應該是同情反魔法師團體，試著以和平手段鎮壓吧。據說也和鬧事的那一邊建立某種程度的共識。」

「巫軍在這時候搶著出風頭，採取強硬手段……？」

「是的，說來遺憾。」

「巫軍的指揮官是笨蛋嗎？」

莉娜不禁說出真心話。希兒薇雅沒責備，因為她也有這種感覺。巫軍是「Wizard Guard」的簡稱，「Wizard」的原義是「善良的賢者」，想到這裡就難免覺得名不副實。

「對於外來的巫軍有所反彈也是原因之一吧。巫軍採取強硬手段的這個階段，不只是反魔法師團體的成員，當地市民也接連加入暴動行列，現在蒙特雷的主要行政機關都落入暴徒與叛徒的手中。」

羅斯維爾和蒙特雷的時差是一小時。蒙特雷現在是下午四點，暴動發生至今經過六小時。州軍與巫軍都不是在暴動發生當下就出動，抵達當地要四、五個小時，所以行政機關實際上約一小時就被占據。

「居然這樣……」

聽到希兒薇雅如此說明，莉娜暫時說不出話。

「……所以，統合參謀總部要我們鎮壓叛亂？」

莉娜表情帶點憂鬱，卻依然堅定注視希兒薇雅的雙眼，詢問她要承接的任務。

「不，參謀總部終究不會做這麼無理的要求。」

莉娜聽完，因為緊張而繃緊的表情稍微放鬆。

STARS不是維安部隊。處分背叛的魔法師是他們在國內的任務之一，但基本上始終是以外國軍隊為目標。由此看來不太可能接下鎮壓叛亂的任務，但莉娜得知這次的任務並非傷害USNA的同胞就鬆了口氣。

不過，現在要放鬆還是有點言之過早。

「參謀總部下達的指令，是在被包圍的巫軍暴動之前救出他們，而且盡量不要傷到包含叛亂部隊的國民。」

「講得真簡單……不過還好不必傷害同胞。」

莉娜單手按著額頭，說出自我安慰的話語。同為美國人（即使原本是墨西哥人，現在也是美國人），她很高興不必將槍口或刀尖指向同胞，但也確實理解到任務難度因而三級跳。

「包含派遣的人選在內，渥卡司令想立刻開會討論。」

保羅．渥卡上校是這座基地的司令官。儘管STARS的指揮官是總隊長莉娜，渥卡司令則是以非魔法師身分的立場管理STARS。

「上校找我開會？地點在哪裡？」

「他在司令官室等您。卡諾普斯少校好像也快到了。」

卡諾普斯是STARS第一隊隊長，在STARS是僅次於莉娜的第二把交椅。

「也已經通知班了啊。我知道了，請幫忙轉達我五分鐘就到。」

莉娜是超一流的魔法師，卻完全缺乏軍隊指揮官的資歷與技能，因此部隊運作的實務非常倚賴卡諾普斯。坦白說，在這種重大案件，如果沒有卡諾普斯的建言，莉娜下不了任何決定。如果渥卡沒找卡諾普斯，莉娜應該也會請卡諾普斯參與吧。

「收到，總隊長。」

希兒薇雅敬禮之後離開更衣室。

脫掉訓練弄髒的野戰服，身上只穿一件背心的莉娜，連忙繼續完成中斷至今的換裝作業。

德意志聯邦，首都柏林。當地時間四月三日十點三十分。日本時間是同日下午五點三十分。

在柏林大學（從柏林自由大學改名），魔法師排斥派與魔法師共存派的學生各自組成示威隊伍，在校內爆發激烈衝突。

沒發生肢體衝突。目前雙方都只是很有教養地（？）叫罵對手。不過依照升溫的局勢，何時發生小摩擦都不奇怪，也無法否定可能會發展成正式的武力鬥爭。

而且，不只是魔法師排斥派的主張，認為應該「好心」接納魔法師的共存派主張，聽在魔法師耳裡也不自在。

卡拉．施米特教授在自己的研究室，以厭惡的表情看著這場爭論演變成沒有邏輯的口角。只不過是隔著螢幕，不是在窗邊看。要是站在窗邊，不知道會飛來什麼東西。

不只是子彈，連砲彈都可能成為流彈打過來。施米特教授從最近幾個月的經驗習得這一點。

就在她從螢幕移開目光的這時候，視訊電話的來電燈號閃爍。

施米特不是以語音遙控，而是親手按下終端機的接聽鍵。

『早安，施米特教授。過得好嗎？』

「馬克羅德教授……好久沒連絡了。託您的福，我『身體』很健康。」

施米特說出對方名字之後停頓片刻，因為這名人物很久沒打電話過來，令她意外。但她立刻若無其事回應。

「教授您呢？」

『雖然已經上了年紀，幸好沒出什麼特別的問題。然後施米特教授，我先前也說過，我不是在大學任職，現在的我不是大學教授。』

馬克羅德不是真的在抗議，這算是一種玩笑話，畫面中的他也露出溫和的笑容。

「馬克羅德先生在我國的教授資格至今也沒失效。我想敝大學隨時歡迎教授過來。」

但施米特笑都不笑，也不改正經八百的語氣。

『以您的學術造詣，我想我們不列顛的大學也隨時歡迎喔。』

馬克羅德看起來沒有壞了心情。不過這段調侃的話語，混入至今沒有的壞心眼成分。

『柏林大學現在似乎發生大事了。』

「原來您知道嗎……」

施米特呢喃般回答。她的表情與其說是驚訝，更像是難為情。

『在這邊也上了新聞喔。現在也正在轉播現場狀況。』

「大學肯定拒絕採訪才對……」

施米特半死心地抗議。不過攝影人員和馬克羅德無關，打從一開始對他怎麼說都沒意義。

『報導自由是民主主義的基本。即使不能採訪，也有很多方法拍得到畫面。』

施米特面對鏡頭嘆了一大口氣。她打從一開始就知道對馬克羅德發脾氣也沒用。

「教授，您打電話過來，是要和我討論媒體的存在意義嗎？」

只不過，馬克羅德像這樣占用她寶貴的研究時間，又重新逼她面對已經接受的不快現狀，施米特覺得不講理。

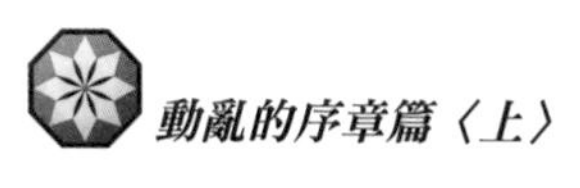

『不好意思，看來我廢話說得有點多。』

馬克羅德大概也知道施米特心情真的開始變差，畫面裡的他端正坐姿。

『施米特教授。要不要逃亡到不列顛？』

「教授。」

『這不是開玩笑。我是認真邀請您。』

施米特盡顯不悅的話語，被馬克羅德以正經的語氣蓋過。

「我認為既然不是開玩笑就更加惡質。您與我基於立場絕對禁止逃亡吧？」

卡拉．施米特和威廉．馬克羅德一樣，是國家公認戰略魔法師「十三使徒」之一。

單憑一己之力成為國家防衛支柱的存在。

「灼熱萬聖節」之後，這份價值愈是受到世人的認知。在二〇九五年十月三十日以前，若要逃亡或許辦得到，不過在那個大事件只經過一年半的現在，政府絕對不准戰略級魔法師離開所屬的國家。

『但我認為現在的德意志對您來說，不是什麼舒適的棲身之所。』

「……教授，您講得真白啊。」

『恕我失禮。不過，既然您知道這個狀況，首先就更該為自己著想吧。主張魔法師不是純粹的人類，必須大幅限制他們的權利，標榜人種主義的非主流思想的政黨，愈來愈受到年輕族群的支持……』

馬克羅德說到這裡停頓，是因為施米特不快地蹙眉。同樣是德國人卻放棄邏輯思考任憑自己被煽動，年輕人這種輕佻不負責任的樣子大概令她不忍卒睹吧。

但是馬克羅德沒有就此打住的意思。

『魔法是為國家奉獻的力量，魔法師只須要為國家盡心盡力。抱持這個觀念的軍方影響力與日俱增，像您這樣認真摸索如何和平利用魔法的魔法研究者，正逐漸失去容身之處吧？』

施米特無法反駁馬克羅德的這番指摘。

這等同於肯定。

『幸好我不列顛成功在早期取締激進的反魔法主義思想，幾乎不會上演國民間的對立。』

「貴國只是將反魔法主義者隔離在特定區域吧？」

『是的。既然無法共處，最確實的方法就是將住所分開。』

這是施米特竭盡所能的嘲諷，可惜對馬克羅德幾乎沒有效果。

『不過這也是短時間的事。只要他們接受共存，隨時都可以回到原本的住所。我不列顛的人民無論是不是魔法師，都可以在國王陛下的名下平等獲得應有的機會。』

馬克羅德這番話，聽在現在的施米特耳裡甜美無比。

「……聽起來很吸引人，但我還是離不開祖國。」

或許正因如此，她才得以克制自己。

過於稱心如意的邀約必有隱情。

她身邊的環境，她所處的這個世界，在她內心深深刻上這樣的教訓。

『這樣啊。目前即使這樣也無妨吧。不過，如果真的很難以研究者的身分活下去，請隨時找我幫忙。我絕對不會亂來。』

「我心領了。那麼恕我失陪。」

施米特不聽馬克羅德的回應，就像是逃避般關閉視訊電話。

回到辦公桌的途中，播放室外狀況的螢幕映入眼簾。

她研究室所在的建築物外面，學生開始扭打成一團。

新蘇維埃聯邦黑海基地。四月四日上午十一點。日本時間同日下午五點。

列昂尼德．肯德拉切科少將，迎接一位來自莫斯科的特別訪客。

「閣下，好久不見。」

「我才要說好久不見。貝佐布拉佐夫博士，歡迎您的來訪。」

前來拜訪肯德拉切科的人，是年僅四十多歲就公認是新蘇聯科學協會魔法研究領域的第一把交椅，也是國家公認戰略魔法師「十三使徒」之一的伊果．安德烈維齊．貝佐布拉佐夫。這名人物的社會地位是科學家，但在國內的發言分量據稱匹敵國防大臣。

說到特別，肯德拉切科在黑海基地也處於特殊的立場。他有權自由使用黑海基地的人員與物資，卻不是基地司令。基地司令官是相同階級的少將，但他沒有義務聽從司令官的指揮。肯德拉切科在制度上是國防大臣直屬的戰略級魔法師，實際卻只有首相能對他下令（新蘇聯沒採用總統制，政府龍頭是聯邦政府首相）。

肯德拉切科邀請貝佐布拉佐夫到他的私人房間。正確來說是他在基地內部住所的會客室。肯德拉切科住所格局與裝潢的奢華程度匹敵國際一流飯店的總統套房，侍從提供的服務也超越一流飯店的水準。

說到唯一的難處，就是只有綠葉缺乏紅花吧。肯德拉切科不好男色，分發到俊秀的侍從也沒什麼好高興的。

「記得博士不喝酒吧？」

「抱歉我不會喝。」

貝佐布拉佐夫以惶恐表情，回答肯德拉切科的問題。

「沒什麼。我最近酒量也變得很差，所以這樣剛好。」

肯德拉切科笑著回應貝佐布拉佐夫，打了兩個響指。侍從立刻端來小型的茶炊（燒開水泡紅茶的容器）、兩個茶杯以及兩個裝有瓦列涅（糖煮漿果）的小碗。

侍從拿起茶炊上的茶壺注入紅茶，連同裝有瓦列涅的小碗擺在貝佐布拉佐夫面前，接著同樣為肯德拉切科上茶，將茶炊擺在兩人中間，確認主人點頭之後離開會客室。

肯德拉切科沒有先試喝紅茶，從茶炊多加一些熱水到茶杯，以小湯匙舀起瓦列涅送入口中之後喝一口紅茶。

貝佐布拉佐夫確認瓦列涅與紅茶的味道之後，在茶杯加了少許熱水。

兩人放下茶杯，再度面對面。

「那麼……方便請教博士來訪的理由嗎？」

「應該正如閣下的猜測。」

貝佐布拉佐夫回答之後，肯德拉切科板起臉。今天迎接貝佐布拉佐夫至今，他第一次露出不悅的表情。

「果然是關於昨天在本基地發生的暴動嗎？不過那個事件已經解決了。」

「我知道。如果我關心的是這件事，我就不會拜訪閣下，而是拜訪基地司令。」

「原來如此，說得也是。」

肯德拉切科將不悅感收到白鬍子後方。

「那麼，您想問某些事情是吧？」

肯德拉切科說完，貝佐布拉佐夫略顯躊躇。

「……我是魔法研究者，不是憲兵。」

「我當然知道。」

相較於難以啟齒的貝佐布拉佐夫，肯德拉切科的回應清晰到感覺不出年齡。

大概是這份乾脆成為助力，貝佐布拉佐夫甩開猶豫進入正題。

「所以，我沒立場追究關於這次發生暴動的責任歸屬。我該確認的是昨天的暴動是否有魔法要素介入。」

「換句話說，博士，您懷疑這是外國或反政府勢力所屬魔法師的破壞行動？使用了精神干涉系魔法煽動這場暴動……更正，這場叛亂？」

「我不想斷然下結論，卻認為有這個可能性。我國擁有的九名戰略級魔法師之中，對外公開的只有閣下與我。身為國家公認戰略級魔法師的閣下坐鎮在這座基地，如果沒有任何預謀，我認為很難發動敵視魔法師的叛亂行動。」

「拿我和那些沒穿防護衣甚至走不出無菌室的劣化複製人相提並論，實在不怎麼開心，但我可以理解你的擔憂。只是說來遺憾，您想太多了。」

「真的嗎？」

貝佐布拉佐夫反射性地一問，肯德拉切科露出不高興的表情。

「意思是您不相信我的直覺？」

「恕我失禮。我絕對沒這個意思。」

肯德拉切科表露內心的不悅，貝佐布拉佐夫連忙低頭致歉。

「……博士陷入這種猜疑的心態，應該是懷疑『德古拉』暗中搞鬼吧。」

貝佐布拉佐夫間不容髮地道歉，所以肯德拉切科也釋出善意。

「閣下明察秋毫，我自嘆不如。」

想法被說中，貝佐布拉佐夫率直舉白旗。

肯德拉切科說的「德古拉」，是羅馬尼亞擅長暗殺與破壞任務的魔法師代號。由於是非法活動的專家，所以連本名都不得而知。傳聞其中也有沒公開的戰略級魔法師，這部分是真是假也無人知曉。

這座黑海基地距離羅馬尼亞國境很近（黑海艦隊基地和黑海基地不同），包括這一點在內，貝佐布拉佐夫得知黑海基地發生暴動的時候，首先就聯想到「德古拉」可能介入。

「其實我也是。」

「啊？」

貝佐布拉佐夫張嘴愣住。肯德拉切科見狀愉快地笑了。

「所以，那些引發暴動的士兵，我徹底調查是否留下精神干涉系魔法的痕跡。主謀分子是由我直接偵訊。」

「這樣啊……看來我多此一舉了。」

「請別在意。博士也只是被克里姆林宮裡的膽小鬼們拖累吧……啊，這部分請保密。」

「我知道的。」

肯德拉切科與貝佐布拉佐夫一起露出惡作劇孩子的笑容。兩人之間的氣氛回歸祥和。

「不過閣下，如果昨天的暴動不是國外勢力或反政府勢力的破壞作戰，不就又會產生其他的擔憂嗎？」

「在士兵之間逐漸蔓延，魔法師與非魔法師的對立是吧？」

貝佐布拉佐夫點頭回應肯德拉切科這番話。

「在美國與日本蔓延的反魔法主義運動，就某方面來說，動力來自對於社會階級差異的不平與不滿。但是這種社會階級的差異在我們聯邦不存在。」

其實是「當成不存在」，但肯德拉切科與貝佐布拉佐夫自己都沒多嘴。

「反魔法主義者昨天的暴動事件應該另有原因。」

「是的。非魔法師的士兵感到不安。害怕在不久的將來，在軍隊大顯身手的都是魔法師，自己將失去容身之處。」

肯德拉切科回答之後，貝佐布拉佐夫露出認同表情點頭。

「實際上，軍隊不可能只以魔法師編組。即使能設立魔法師部隊，前線兵力也不能只由魔法

師組成。」

「不過，要讓士兵理解這一點，就必須讓他們有機會實際上戰場。」

肯德拉切科指出這一點，貝佐布拉佐夫再度點頭。

「那麼，就製造這個機會吧。」

「喔……博士，您早有盤算？」

肯德拉切科以不符七十多歲年紀的強烈目光看向貝佐布拉佐夫。

「說來遺憾，現在歐洲方面沒有出兵的餘地。」

貝佐布拉佐夫不只是以話語，還以全身表達歉意。

「關於歐洲的軍事情勢，我應該比博士清楚吧。」

不過這是多餘的操心。

「說得也是。恕我失禮。」

「換句話說，要在歐洲方面以外的地區……極東嗎？」

「是的。」

貝佐布拉佐夫沒賣關子，點頭回應肯德拉切科的推測。

「前幾天發生一個事件，香港軍的軍官帶著部下集體逃離大亞聯盟。」

「喔，這我第一次聽到。」

「我也是前天才知道。為了逮捕這些逃兵，大亞聯盟決定和日本軍並肩作戰。」

「逃兵的目的，是在日本進行破壞作戰嗎……」

「是的。不過已經以失敗收場。」

「原來如此，我懂了。大亞聯盟和日本解除長年的戰爭狀態，緊張的情勢已經放鬆到誓不兩立的雙方可以攜手合作。仔細想想也是理所當然。沒有任何人或組織能永遠維持緊張狀態。我們要乘虛而入是吧？」

肯德拉切科摸著留長的白鬍子頻頻點頭。

「回到莫斯科，我立刻試著向克里姆林宮提議吧。如果作戰確定要實行，我想應該也會借用閣下一部分的部下。」

「對於士兵來說，應該會成為不錯的競爭吧。博士，這方面反倒是我要請您多多幫忙。」

右膝損壞，必須拄拐杖才能站立的肯德拉切科，就這麼坐著向貝佐布拉佐夫行禮致意。貝佐布拉佐夫當然不會因為這種程度的失禮就壞了心情，面帶笑容向老將軍鞠躬回禮。

二〇九七年四月六日。東京隆重舉辦魔法大學的入學典禮。

不過，北陸臨海區域籠罩一股全身肌膚刺痛般的緊張感。

原因在於從昨天就在佐渡近海目擊可疑船隻。

五年前，在大亞聯盟侵略沖繩的同一時期，疑似是新蘇聯的小規模部隊登陸佐渡。雖說是小規模，兵力卻足以蹂躪駐留在佐渡的守備隊，占領島上的重要設施。當時許多平民犧牲。在島上魔法研究所任職的吉祥寺雙親，也被當時的戰鬥殃及而喪命。

新蘇聯依然不承認佐渡的登陸部隊是他們的。不過新蘇聯政府要裝傻還是翻臉都和當地居民無關。

再也不准外人摧殘自己家鄉的土地。無論是哪國的軍隊或哪國組織底下的武裝集團都一樣。擊退侵略部隊的義勇軍，當時都在內心如此發誓。

如今他們像這樣集結在這裡，要履行當時的誓言。

新編組的義勇軍裡，也包括五年前無從抵抗而失去親人的人。他們也和昔日搏命戰鬥的人們共同立下這個誓言。佐渡被身分不公開的武裝勢力踐踏時，失去雙親的吉祥寺也成為義勇軍的一員站在這裡。

「喬治，別太逞強啊。」

吉祥寺不可能沒有復仇的意念。因為這次目擊的可疑船隻，真實身分也肯定是新蘇聯的破壞部隊。

「將輝，這是我要說的。」

不過，至少吉祥寺表面上控制好自己的情感。

「……看你這個樣子，應該沒問題。」

他身旁的將輝對此鬆了口氣。

「所有人，準備好了嗎？」

擔任義勇軍指揮官的一条家當家——一条剛毅對聚集的戰士們喊話，詢問他們的決心。

「喔喔！」

義勇軍一齊增強氣勢。將輝與吉祥寺也將鬥志化為咆哮釋放。

「好！全員出擊！」

「喔喔喔！」

一百零九名魔法師在大喊的同時，搭乘一条家以海底資源探查船的名義持有的三艘裝甲船。

一条家能動員的男性魔法師幾乎都集結在此處。

他們搭乘的裝甲船無法搭載飛彈或電磁彈射砲（這是民用船所以理所當然），相對的，船身具備舊式的重裝甲。雖說是舊式，也因為受到現代技術的恩惠，所以沒有犧牲太多速度。不過說來遺憾，還是留下不易轉向的缺點。

飛彈或砲彈可以用魔法防禦。對於魔法師來說，機槍或撞擊反而棘手。載運魔法師集團的船隻使用重裝甲是合理的選擇。

三艘船組成的船隊出港。

船隊的三艘船之中，預定兩艘登陸佐渡，另一艘開往海上的可疑船隻。昨天，平流層監視器在佐渡外海捕捉到進入日本領海的可疑船隻下落。

可疑船隻現在位於公海（不在日本領海的意思）。由於緊追權不成立，所以即使對方位於經濟海域，只要沒侵害日本的經濟利益就不能逮捕，不過光是接近就能牽制。此外，要是對方主動開火就另當別論。

船一離港，剛毅就對站在身旁的少年開口。

「真紅郎，心情怎麼樣？」

吉祥寺與將輝，和剛毅搭乘同一艘船。

「呃，有！我沒事！」

「不怕嗎？」

「……老實說，有點怕。」

「這樣就好。」

聽到吉祥寺的回答，剛毅滿意點頭。若是因為憤怒或憎恨而導致恐懼心麻痺，無法期待能夠發揮正常的判斷力，只會勇猛戰鬥而早死。剛毅不會讓追隨他的人們使用這種戰法。

接著，剛毅看向自己的兒子。

「將輝。」

「有。」

「你該不會不知恐懼為何吧？」

「我知道的。我沒表現出恐懼。」

不是「不知」恐懼，是沒「沒表現出」恐懼。

對於將輝的回應，剛毅露出無懼一切的豪邁笑容。

「好。由你打前鋒吧。四葉家的司波達也不久前才在沖繩諸島海域立功。不准出醜啊。」

「我知道。」

對沖繩諸島，久米島外海人工島的破壞作戰，由達也防範於未然，這個消息沒對世間公開，卻對十師族各當家透露概要。若是十師族各家以魔法進行實戰，無論規模大小都有義務向師族會議報告。這是牽制各家避免私下濫用魔法所定的措施。

雖然各家不算是忠實遵守這項規則（隱瞞的魔法戰鬥反而比公開的多），不過也因為這次是和國防軍聯合作戰，所以四葉家立刻對其他九家回報「部分」事實。

原本是只限當家知道的情報。實際上，泉美、香澄、七寶琢磨或三矢詩奈就沒聽家長說。不過剛毅當天晚上就將這個情報告訴將輝。

目的當然是激勵兒子。而且結果也不用多說，剛毅的計畫奏效。隔天之後，將輝更加致力於訓練，現在也洋溢鬥志。

如剛才所說，順利出港的三艘船其中一艘接近可疑船隻。這個作戰是要牽制對方行動，引誘該可疑船隻發動攻擊。要是對方開火，即使在公海也能名正言順地反擊。

擔任誘餌的這個危險職責，由剛毅搭乘的船負責。反對這項作戰的聲音很多。不，要說剛毅與將輝以外的所有人都反對也不為過。一条家的第一與第二把交椅在同一艘船上闖入最危險的場所。若是知道分散風險的重要性，肯定都會說這樣過於魯莽。

但剛毅不聽部下的勸說。實力最強，存活機率最高的自己，怎麼可以不站在最前線？剛毅是這麼說的。他組織了義勇軍，卻不是以編組軍隊的心態這麼做。

對於剛毅來說，部下是必須庇護的對象，也可以說是視為家人看待。軍隊為了保護國民與國家利益，以消耗士兵為前提。但十師族是保護魔法師利益的組織，魔法師之於十師族的意義，相當於國民之於國家的意義。戰時的軍人為了保衛國民，所以不列入應當受到保衛的國民。但是追隨一条家的魔法師不是軍人，在戰鬥的時候依然是一条家非得保護的「同伴」。至少剛毅是這麼相信的。而且將輝也繼承父親的信念。

而且，剛毅與將輝的想法也並非完全不合理。從集中戰力的觀點來看，將戰力前兩名的魔法師投入關鍵戰場合情合理。

此外，還有一個技術上的問題。即使是十師族一条家的家臣，實力足以在海上戰鬥的魔法師其實也不多。

魔法原則上是對單一事象、單一對象產生作用，如果只指定目標對象的某部分要改寫事象，就需要高度的技術力。指定空間改寫事象的領域魔法，比指定特定物體的對物魔法來得困難，也是基於相同的道理。

一条家擅長的魔法是「爆裂」，讓液體爆炸性氣化的魔法。可以當成目標對象的不只是封鎖在人體或機械內部的液體，海水也可以成為「爆裂」的對象。對於一条家的魔法師來說，海面等於無限的火藥庫。

然而再怎麼優秀的魔法師，也無法將所有海水設定為魔法使用的對象。實際要讓海水爆發，必須在意識之中切取部分海水，指定為魔法使用的對象。

這個問題不只發生在「爆裂」。要以海水作為攻擊手段，就無法迴避「只指定目標對象的某部分」這個障礙。不同於空氣，水是看得見的物質，在「大海無垠」這個實感的束縛之下，拿海水當成彈藥比空氣彈還要難。在海面上的戰鬥，液體氣化魔法是有利的術式，能夠在實戰使用這種術式的魔法師卻意外有限。

剛毅搭乘的船上，集結了能熟練使用這種技術的魔法師。將輝被編為剛毅這艘船的成員也是基於這個原因。

無論如何，討論編組的階段早就過了。現在改變計畫也只會招致混亂。

抵達佐渡的船隊，分成兩艘往南繞過島嶼，在東岸的兩津港登陸。剛毅與將輝搭乘的船就這麼繼續北上。

發現不明國籍船隻的位置，是從佐渡北側往北方航行五十浬的海域。不只是遠離領海，距離鄰接水域也很遠，這邊沒有出手的名目。

雖然這麼說，不過到頭來，剛毅他們的船是民用船，原本就沒有逮捕或臨檢的權限。從一開始就下定決心不惜採取超法規手段，也就是海盜行為。

即使如此，也沒有劈頭就擊沉對方船隻。

以戰力來說做得到。剛毅的船沒有武裝，但船上魔法師的戰力要彌補兵器缺口也綽綽有餘。

不對，即使只有剛毅一人，要擊沉一艘戰艦也不是難事。

戰略級魔法師的定義是「發動一次就足以毀滅都市或艦隊之魔法的使用者」。如果將這句定義換成「在單次戰鬥」，剛毅就符合這個定義。一条家的「爆裂」不只擅長破壞人體，也擅長破壞機器，要以這個魔法連續擊沉五艘或十艘戰艦絕非不可能。如果敵方沒有匹敵十師族的強力魔法師，剛毅一個人就可能殲滅一支艦隊。

使用這種做法，義勇軍這邊的風險也比較少。但是率領他們的剛毅，並非二話不說就遠遠擊沉可疑船隻，而是選擇透過近戰掌握敵方真實身分的確切證據。

五年前從佐渡撤退之後，新蘇聯徹底裝傻。日本這邊沒有俘虜，屍體也沒留下可以確認身分的物品，所以無法揭穿新蘇聯的謊言。

雖說擊退侵略部隊，但是從外交角度來看，那個事件以日本的敗北收場。這段苦澀的回憶令剛毅選擇高風險的作戰。

「敵方船隻有動靜嗎？」

接近到可以目視可疑船隻的距離，剛毅大聲問這個不知道問第幾次的問題。

「沒有！」

部下的回答也一樣。

射控雷達沒有瞄準，沒有輪機功率提升伴隨的輻射熱增加。砲塔沒有啟動的徵兆，也沒看到飛彈發射口之類的東西。

這艘可疑船隻保持沉默。

對方不可能沒看到這邊的動靜。剛毅如此確信。不管怎麼說，距離已經接近到不用望遠鏡就看得到彼此船身的外型。

可疑船隻的外型是小型貨船。雖說小型，但體積超過驅逐艦。目前沒看到搭載兵器的影子，但是已經有橫濱事件當時的偽裝登陸艦為前例，義勇軍沒人粗心大意。

就算這麼說，如果只是就這樣觀望，來到這裡就沒意義了。

「偵查隊，攻堅！」

剛毅終於做了決定。

「收到！」

將輝英勇回應這道命令。他身後待命的四名年輕人也是。

剛毅為求方便而稱為「偵查隊」，實際上卻是鎮壓敵船的前鋒。關於攻堅成員的挑選基準，戰鬥力當然不用說，還要具備陷入九死一生的危機時也能夠生還的防禦力與機動力。

「將輝，小心啊。」

吉祥寺也沒在下達出擊命令的這個階段阻止將輝，他不做這種沒骨氣的事。吉祥寺肩負的職責是依照平流層監視器的情報輔助「偵查隊」行動，有必要的時候支援撤退。

「喬治，後備拜託你了。」

聽到將輝的依賴，吉祥寺大幅點頭。

將輝揚起嘴角露出笑容，猛蹬甲板跳向海面。

不是跳進海裡。他的腳沒有沉到海面以下。腳碰到波濤的同時，將輝和跟在身後的四人一起高速奔向可疑船隻。

對方沒鎖定正在海面奔跑的他們攻擊。五人立刻抵達目標船隻，由將輝帶頭接連跳上甲板。

如果有敵人埋伏，他們將成為最好的靶子，但他們在這裡也沒遭受攻擊。

「這是什麼狀況？喬治，看得見什麼嗎？」

將輝終究開始覺得詭異，站在隨時能到海面避難的位置，以無線電詢問吉祥寺。

『監視器也沒拍到人影。就影像與觀測資料判斷，看起來是無人船。』

不只是平流層監視器提供的情報，將輝他們偵查隊身上感應器的情報，吉祥寺也同步彙整檢查，基於這些資訊回應目前還沒發現任何威脅。

聽到這個回答，將輝放鬆緊張情緒。

『……慢著，將輝，你那邊的感應器偵測到氣體外洩。』

不過，吉祥寺有點慌張而說得比較快的這段話，使得將輝立刻重新繃緊神經。

他沒指示部下，而是檢視自己身上的感應器。雖然是手錶造型的簡易多功能偵測器，但船上的可燃性氣體濃度還是高到可以清楚測得。

「所有人架設護壁，退到船外。」

偵測到的氣體是天然氣。大概是因為無色無味，密度高於空氣不易擴散所以獲選吧。但是當成陷阱顯得不上不下。雖說不易擴散，卻也只是和甲烷這種密度低於空氣的氣體相比，在沒有障礙物的海面，即使稍微起風也會立刻吹散稀釋。

此外，即使整艘船載滿天然氣，預期的燃燒威力也不足以突破一条家這些菁英的護壁魔法。

到頭來，天然氣的爆炸上限（再高就不會爆炸的濃度上限）很低，稱不上是合適的攻擊手段。爆炸下限低，換言之就是易燃，頂多只有造成敵方驚慌的奇襲效果。所以將輝的指示也沒什麼迫在眉睫的感覺。

另一方面，透過情報同步得知氣體的真面目為何的剛毅等人這邊，也洋溢著一股掃興的氣氛。

或許，這正是陷阱所在。

放鬆緊張情緒的下一秒，裝甲船上的剛毅滿臉驚愕看向海面。

「海面出現魔法徵兆……！」

吉祥寺這句話沒說完。

直到前一刻，確實都沒有魔法攻擊的跡象。

然而現在，投射在海面的無數魔法式，密不透風地包圍剛毅他們搭乘的船。

瞬間增殖的魔法式同時發動。

「老爸？」

站在海面的將輝，當然察覺到魔法的跡象。

下一剎那，海在他的視野範圍爆炸。

捲起的暴風，彷彿緊密鋪設的地雷同時引爆。

將輝等人被這股強風吹得摔倒在波浪上，沉入海中。

浮上海面的將輝視野，因為水花、水霧與鹽粒之雨而變得白濁。

「嘖！」

將輝站上海面生成氣流，這陣風吹走眼前的白夜。

「老爸！」

船的形體還在。看似跟不上時代的重裝甲可不是虛有其表。船尾之所以嚴重受損，大概是因為無法以魔法護壁完全包覆。船身前方的甲板周邊損傷輕微，應該是層層架設的魔法護壁最後一層撐下來了吧。將輝直覺認為使用防禦魔法的肯定是自己的父親。

然而，他能夠放心的時間沒有多久。

『將輝，將輝！剛毅伯父他……！』

吉祥寺狼狽至極的聲音，從掛在耳朵的語音通訊元件傳入鼓膜。

將輝感受到背脊結凍般的不祥預感，朝麥克風大吼回應。

「喬治！老爸怎麼了？」

『出事了！快點，快點回來！』

「知道了！」

將輝甚至忘記指示部下，趕回裝甲船。

幸好可疑船隻沒有追擊。可燃性氣體被爆炸的衝擊吹散。

明天，四月七日是九所魔法科高中的入學典禮。學生會長深雪不只要代表在校生致詞，還有典禮整體的流程掌控、接待來賓等各種工作在等她。

幕後工作可以由其他的學生會成員分擔。最重要的是達也連深雪的分都處理完畢，工作成果比「明天是星期日」還要確實。

而且，深雪是四葉家下任當家的消息公布後，接待來賓的時間反而減少。去年抱持非分之想前來糾纏的「來賓」很多，但得知深雪是四葉魔法師之後依然以欲望為優先的勇者應該是少數。

即使如此，達也考量到明天的負擔，還是打算讓深雪早點休息。但他得知晚餐之後收到的極機密電子郵件內容，就沒辦法這麼說了。

在自己臥室看完郵件的達也，按下按鍵撥打內線電話到深雪房間。

深雪進入客廳，達也讓她坐在沙發，指示水波關上窗戶的隔離板。隔音功能原本就很好的室內，如今完全阻絕外界竊聽。不用說，偷窺當然也是不可能的。

達也展現比以往還要慎重的態度，深雪也心想事態非比尋常而端正坐姿。

「抱歉這麼晚找妳過來。」

「不，請別這麼說。所以哥哥……姨母大人說了什麼嗎？」

一個多小時前，晚餐時達也指示深雪今晚早點休息。她正準備入浴，被內線電話找過來。

深雪對這件事本身沒有不滿。如果達也有事找深雪，對她來說就是最優先事項。只要達也叫她，無論何時何地或正在做什麼，深雪都會趕回達也身邊。先不提實際上是否做得到，深雪總是抱持這樣的心態。

然而相對的，達也絕對不會心血來潮就把深雪捉弄得暈頭轉向。達也同樣無論何時何地或正在做什麼，都將深雪的利益放在第一優先順位。雖然屢次打亂深雪的計畫或違反深雪的意願，但這一切的判斷基準都是「怎麼做對深雪比較好」。以達也的狀況不是「盡量」，是「總是」。即使改成「絕對」也不為過。

所以深雪認為，如果有什麼事「對她來說」應該比明天的入學典禮優先處理，應該是四葉家當家又提出強人所難的要求。

「是來自本家的報告沒錯，卻不是要求我們做某些事。」

「報告……嗎？」

不是命令、通知或連絡，是報告。深雪即使被指名為四葉家的繼承人，也只有形式上受到名副其實的對待。

應該不是真夜或分家當家們的立場突然改變吧。

換句話說，就是如此重要的情報。深雪是如此理解的。

而且，她的解釋並沒有錯。

「今天下午，一条家當家一条剛毅閣下中了敵方陷阱受到重創。雖然仍有意識，卻似乎無法自由行動。話是這麼說，但身體沒有受損，本家推測是魔法演算領域負荷過度而痲痺。」

深雪雙手摀嘴，睜大雙眼愣住。水波驚訝過度失去表情。

「聽說是要逮捕可能進行敵對行動的不明國籍船隻時，被魔法引發的強力爆炸命中。一条閣下架設四層魔法護壁保護部下，最後一層好不容易阻擋爆炸的威力。不過規模足以保護上百人的護壁也被突破三層，使得魔法演算領域受到嚴重的傷害。這是報告書做出的結論。」

「上百人……」

水波就這麼將表情遺忘在某處，愕然低語。她自己也擅長護壁魔法，所以非常清楚剛毅的厲害與負荷。

「一条家不像十文字家專精防禦魔法。情急之下選擇同時多重護壁這種沒效率的術式，果然很勉強吧。」

「哥哥……」

達也平淡說完，深雪以關懷的語氣如此輕呼，是因為她擔心達也想起昔日使用大規模護壁魔

法負荷過度而將生命燃燒殆盡的那名女性——穗波。

櫻井穗波。達也與深雪親生母親深夜的守護者，從基因來看是水波的姨母。長相和水波一模一樣，外表是長大後的水波，在五年前的夏天，保護達也免於遭受艦砲射擊而燃燒殆盡的女性。

在長得和穗波一模一樣的少女面前，述說和穗波去世時非常類似的場面。這簡直是要撬開辛酸記憶的蓋子。連我都有這種感覺，哥哥肯定更加煎熬……深雪是這麼認為的。

「……深雪，抱歉。看來害妳想起悲傷的往事了。」

但達也似乎誤以為自己害深雪難受。不對……這是誤解嗎？真的？

掠過深雪內心的疑惑立刻被抹除。

「但以我們的立場，不能不知道這個消息就了事。」

從達也聲音感覺到的憂慮，不像是單純想起往事這麼簡單。

「如果只看魔法實力，三高的一条即使是現在也能擔任十師族的當家吧。不過肩負日本海沿岸防衛任務的一条家當家，不是只靠魔法實力就能勝任的地位。」

聽到達也清楚說明，深雪自認終於能夠理解事態的嚴重性。

五年前的佐渡侵略事件，擊退不明敵軍的最大功臣不是國防軍，是以一条家為中心組成的義勇軍。從北陸到東北的日本海沿岸防衛，一条家的貢獻就是如此卓越。

一条家不只是魔法實力優秀，還以領導能力掌握北陸與東北地方西半部的魔法師，被迫將戰力集中在南北（九州、沖繩與北海道）的國防軍，就是由一条家填補缺口。一条家當家失去行動能力的現狀，不只是十師族自己的問題，也意味著國防體制出現大漏洞。

「一条家當然也有當家暫時不在時的對策。一之倉家與一色家肯定也會強化支援體系。不過四葉家應該也不被容許袖手旁觀吧。」

「我們也非得去幫忙嗎？」

「目前的方針，似乎僅止於派遣夕歌表姊治療一条閣下。」

達也以欠缺確信的語氣，回答深雪的問題。大概是認為肯定不會這樣就了事吧。

不過，比起達也悲觀的預料，深雪更在意他說的內容本身。

「我不知道夕歌表姊會治療魔法師。」

「夕歌表姊在大學的研究所，研究過度行使魔法導致魔法演算領域機能受損的『魔法演算領域過熱』現象。」

「原來如此……」

「本家好像也積極支援這項研究。因為魔法演算領域過熱的現象不只威脅到魔法技能，甚至威脅到優秀魔法師的生命，即使不是本家也不能漠不關心。」

因為「魔法演算領域過熱」而喪命的例子，達也他們只知道穗波，不過在四葉家，前前任當家四葉元造為首的許多人因而犧牲。治療法的研發也是從前任當家的時代延續至今。

不只是四葉家。十文字家留作真正王牌的魔法技術，性質上容易引發「魔法演算領域過熱」的現象，前任當家十文字和樹就是因此失去魔法師的能力。十文字正在研究預防過熱的方法。

著眼於這個症狀的魔法研究者，其實不只是四葉家與十文字家。畢竟魔法演算領域是沒有詳細解析成功的黑盒子，在四葉與十文字家以外，「魔法演算領域過熱」都停留在討論是否真實存在的階段。不過即使是假設，也是已經存在的理論，正因如此，一条剛毅陷入重度失能的時候，才能立刻知道原因。

「津久葉家有許多擅長系統外魔法的魔法師，其中的夕歌表姊尤其擅長干涉精神本身。姨母大人大概判斷她有能力治療一条閣下吧。」

不是推動意識操作思考的意識操作，是干涉精神本身的魔法。代表性的例子是昔日只有深夜會使用的「精神構造干涉」，深雪的「悲嘆冥河」以及津久葉家代代相傳的「誓約」，也是改寫「精神」這個事象的魔法。

深雪的魔法是以絕對的強制力凍結精神，「誓約」的性質不同，是限制精神機能的術式。擅長這個魔法的夕歌，或許也可以促進潛意識領域的魔法演算領域回復機能。四葉本家這個想法並非毫無根據。

「不過如果失敗，四葉家的立場不會變差嗎？」

「夕歌表姊表面上和四葉家無關。形式上，是四葉家介紹可以治療的魔法研究者給他們。」

「…………」

換句話說，必要的時候可以切割。深雪聽到達也這麼說就啞口無言，證明她還沒成為完全無情的人。這樣的四葉家繼承人可以說是天真，但達也完全不想否定深雪這顆善良的心。

「何況四葉家要求協助治療一条閣下是出自善意。雖說背地裡有利益考量，但即使失敗也沒道理遭到批判。」

「……說得也是。」

深雪輕聲說。語氣像是逼自己接受。

達也聽她這樣回應，試著稍微強硬地轉換話題。

「稍微離題了。本家目前的應對措施，打算僅止於派遣夕歌表姊，但我不認為只有這樣。」

其實並沒有「離題」，但深雪看起來沒察覺。水波倒是露出有點疑惑的表情。

只不過，這種小小的突兀感立刻飛到九霄雲外。

「也可能命令我出動迎擊武裝勢力。」

「國防軍會下令嗎？」

深雪這句哀號暗藏的意思，是質疑這樣違反了四葉家與國防軍的協定。

「我是說本家。」

不過，達也的回答更令深雪意外。

「……可是，哥哥是我的守護者！」

「妳應該要認知到我成為妳的未婚夫之後，我的地位也隨之變更。」

「怎麼這樣……」

對於自己以「深雪守護者」的身分束縛達也，深雪一直抱持罪惡感。不過，只要達也是她的守護者，就免於被硬塞其他工作。深雪勉強將這個法則當成藉口，隱藏自己對達也的罪惡感。

不過，達也說這個藉口已經不管用了。深雪聽他這麼說所受到的打擊，比剛才得知達也可能接下危險任務時還要嚴重。

「別擔心。我之前也說過。深雪，能夠『真正』傷害到我的人只有妳。」

達也這番話，是誤解深雪臉色蒼白的原因才這麼說。深雪內心之所以動搖，比起達也將會上戰場，更因為再也無法找藉口將達也當作自己的守護者。

不過，達也保證他將會毫髮無傷，使得深雪也多少平復心情。

「我也一樣，之前對您說的那句話，我至今依然相信。哥哥不會輸給任何人。」

「沒錯。」

深雪一心一意注視達也，達也承受深雪的目光點頭。

這時候，一如往常旁觀兩人模樣的水波，不知為何沒像以往出現胸悶感。不同於以往，兩人這份堅定的相互信賴，就水波看來好耀眼。

「只是，今後我非得離開妳身邊的狀況可能會增加。水波。」

「啊，有！」

因而稍微分神沒注意達也說話的水波，在達也叫她的時候反應過度。

水波氣勢過剩的這聲回應，達也只有眉頭微微一動就沒追究。

「到時候麻煩好好保護深雪。」

「請交給屬下。」

事到如今無須達也吩咐，保護深雪本來就是水波的使命。達也肯定也知道這一點，卻重新親口下令。水波仔細咀嚼達也這麼做的含意。

「深雪，我不打算帶妳上戰場。」

「……我知道。」

深雪的語氣與表情都在主張自己的遺憾，卻沒有愚昧到無法理解達也的用意。

「深雪會遵照哥哥的……更正，我會遵照達也大人的吩咐。」

只是在最後，深雪展現「我沒耍任性是因為現在的身分不是妹妹，是未婚妻」這樣的主張，透露出她內心的小小不滿。

◇　◇　◇

敵人以計謀打倒一条家當家的情報，並不是只有四葉家掌握。一条家或許想隱瞞，但這個消息當天就在二十八家之間傳遍。

只是即使同為十師族，情報的精確度也有差異。

從父親弘一那裡得知一条家當家遭遇橫禍的真由美，剛回到自己房間就接到克人的電話。

『抱歉這麼晚打擾妳。』

「這麼晚還打電話過來，確實不像是你的作風，但我猜得到用意所以不介意。是關於一条家的事吧？」

『沒錯。妳的敏銳幫了大忙。』

十文字家的魔法師個個實力堅強，相對的，部下人數不多。出色的魔法師大多被同樣以首都圈為地盤的七草家與三矢家搶走。此外，十文字家包含主體在內，能力都偏向戰鬥方面。

因此，情報收集方面往往比不上其他家系。發生需要緊急處理的事態時，克人會使用私人管道從七草家取得情報，這是往例。

「我也剛聽父親說完。你這通電話來得正好。所以你知道多少了？」

『國籍不明的船侵犯領海之後，就這麼留在公海沒有逃走，一条閣下出動要逮捕船隻，被敵人設計的爆炸陷阱炸成重傷。這是我聽到的情報。』

克人掌握的情報很粗略，但是真由美不會因此小看十文字家。反倒是父親令她覺得不舒服。因為明明是今天剛發生的事件，父親卻掌握詳細事態。

「我只更正一點。一条閣下身體沒受傷。症狀是極度衰弱無法起床的狀態。我家推測可能是因為魔法行使過度。」

『魔法行使過度啊……』

「十文字，怎麼了？」

克人看起來繃緊表情，真由美疑惑皺眉。

『不，沒事。關於一条閣下被捲入的爆炸，妳知道詳情嗎？』

克人沒回答真由美的問題，反倒是離題這麼問。真由美也知道他在隱瞞事情，卻沒有追問下去。

「依照平流層平台感應器的分析結果，是大量的氫氧混合氣爆炸。只可能是以遠距離魔法生成氣體再控制點火時機。」

『點火……難道是「Igniter」伊果．安德烈維齊．貝佐布拉佐夫幹的好事？』

「你的意思是當時用了戰略級魔法『水霧炸彈』？怎麼可能。」

真由美笑著否定克人的推測。但她的笑容有點皮笑肉不笑的感覺。

『……也對。只是要攻擊一艘船，應該不會動用戰略級魔法。』

克人同時也自覺到這個根據不足以否定其可能性，也像是在喃喃自語般地點了點頭。

「沒錯，十文字，你想太多了。」

真由美也明白這個根據很薄弱，但她幾乎下意識地不去正視這個分析。

『無論如何，是以未知的魔法攻擊嗎？』

「是的。」

『……狀況挺嚴峻的。』

「嗯……我大哥說想找你談談，我猜大概是關於這件事吧。」

真由美附和克人這句話之後，以略微猶豫的語氣說出另一件事。

『智一閣下嗎？……知道了。幫我轉達我隨時都方便。』

「可以嗎？畢竟是這邊的要求，我們可以配合你們家的時間啊？」

『這樣啊。那麼明天晚上怎麼樣？地點由智一閣下決定。』

「應該沒問題。我明天白天再通知你地點。」

『拜託了。還有，感謝妳提供一条閣下的情報。總是幫了我大忙。』

克人在畫面中低頭，通話至此結束。

雖然看起來違反禮儀，但這是避免被真由美捉弄的自衛行動。

「……明明改不掉死板的一面，卻只在這種事情上變得精明。」

真由美看著變黑的畫面說壞話，不過語氣開朗又愉快。

［2］

西元二〇九七年四月七日。九所魔法科高中在今天一齊舉行入學典禮。

身為學生會幹部要預先準備入學典禮的達也、深雪與水波三人，在典禮兩小時前到校。

他們進入講堂後台時，幹比古、泉美、香澄以及三矢詩奈已經在等了。

「各位早安。」

此時不是由達也，而是由學生會長深雪代表三人，向先來的成員打招呼。

「深雪學姊早安！啊，今天學姊也更加……」

「好了好了，暫停暫停。司波會長、司波學長、櫻井同學，早安。」

泉美今天早上也差點亢奮到失控，但香澄從旁介入阻止於未然。

深雪露出絲毫沒透露傻眼心境的微笑，分別問候香澄與泉美，然後向詩奈說話。

「三矢學妹，讓妳久等了嗎？」

「不，請別這麼說。只是我太早來了……」

詩奈輕輕搖頭表達否定之意。這個動作有著寵物的俏皮感，讓人內心暖烘烘的。

她的身高有點矮，卻比香澄和泉美高。雖然個頭明顯比前任學生會長梓來得大，但相似的不是體型，而是洋溢的氣息。

只是她看起來文靜，卻不像是懦弱的個性。至少在達也眼中是如此。

輕盈像是棉花的頭髮隨著搖頭的動作彈跳，露出底下的耳掛式耳罩。顏色也和頭髮一樣是橄欖棕。她正如之前開會時自己說的，確實選了不起眼的款式。或許是理所當然，但是從這一面來看也很守規矩。

感覺是注入滿滿愛情養育的良家子女。達也心想。

「在開最後一次會之前，三矢學妹，方便問個問題嗎？」

「啊，好的。司波學長，請問要問什麼問題？」

詩奈藏不住緊張的表情，但還是好好看著達也的雙眼回話。

達也暗自在心中調高他對詩奈的評價。

「站在講堂外面，長髮綁在脖子後面的男生，是妳的朋友嗎？」

水波聽到達也詢問詩奈的問題內容，露出「咦？」的表情。她身為深雪的護衛，自認隨時注意周遭狀況。在這個時代，留長頭髮的男生不多見。如果有這種少年，水波認為自己明明也肯定會察覺。

「長髮……啊，是說侍郎同學嗎？」

不過，詩奈心裡似乎有底。

「他叫侍郎？隱身技術挺高明的。」

「我想那個男生肯定是我認識的矢車侍郎同學。弓矢的矢，車輪的車，侍從的侍，一郎二郎的郎，『矢車侍郎』。侍郎真是的……原來他躲在外面？」

詩奈害羞蹙眉，不過從她的語氣感受得到「受不了，真拿他沒辦法」的音調。

「聽妳的口吻感覺你們很熟，應該不是單純認識吧？」

「我們是青梅竹馬。」

詩奈微微臉紅，視線從達也身上移開。其他人看到她低頭的表情，肯定會想入非非認為兩人是情侶關係，但達也從詩奈的反應推測，矢車侍郎這名少年大概是三矢家派給詩奈的護衛。

達也當然不會說出這種像是刺探其他十師族內情的推論，不過多虧如此，所以達也免於被別人得知他的推理能力不足。

「今天咖啡廳跟餐廳都沒開，講堂一個多小時之後才開，新生要在入學典禮結束之後才能進入校舍。所以讓他在這裡等也沒關係。」

達也實際說出口的這番話，出自於自己兩年前經驗的善意（或者說同情）。他也沒看漏那名少年的胸口沒校徽。

「沒關係的。侍郎他意外地厚臉皮……不對，是可靠。所以謝謝學長的關心。」

「這樣啊。」

在達也如此回答的同時，穗香一邊慌張喊著：「對不起，我遲到了！」同時跑過來。

深雪告知穗香沒超過集合時間，達也對所有人說「開始做最後確認吧」。

入學典禮在莊嚴的氣氛中順利結束。浮躁的氣氛比以往克制，肯定是因為新生、家長與來賓都很在意舞台下方的學生會成員。

尤其是學生會長深雪。

既然是即將就讀的學校，新生與家長們除非生性非常悠哉，否則肯定會調查第一高中的事。所以大部分的學生都知道，第一高中現任學生會長是「那個」四葉家的下任當家。

在九校戰影片看過深雪長相的人也占了半數以上。不過重新抱持「她是四葉家直系」的心態目睹深雪天仙般的美貌，還是不得不受到震懾。四葉家的虛像與深雪的美麗相乘產生的壓力，普通新生或家長無從抵抗。

至於「不普通」的家長，則是因為深雪所暗藏深不見底的魔法力，以及她身旁達也絲毫看不出隱藏何等實力的詭異存在感，導致無法放鬆緊張的心情。

唯一緩和氣氛的是詩奈致詞的時間。說客套話也稱不上「落落大方」或「口條流利」，好幾次差點卡住但還是撐過來，讀稿完畢瞬間全身洋溢成就感的模樣，非常適合以「拚命」形容。

只不過，詩奈就像是新生的典型，給人未經世故，換言之就是不可靠的感覺，即使比常人厚臉皮的「來賓」們也不忍心包圍攔下她。比起兩年前的深雪，詩奈早早就獲得自由（此外，新生代表如果是男生，狀況似乎不太一樣，去年就沒看到這種光景）。

此外，正如昨晚達也的猜想，深雪並未因為接待來賓占用太多時間。去年一直拖住深雪的上野議員，今年也從一開始就抽身。

多虧如此，應該可以比預料的更早和詩奈討論那件事。

「詩奈學妹。」

「泉美學姊？」

泉美看準包圍詩奈的人牆變得鬆散時叫她。來賓們自然從詩奈周圍離開。

泉美是七草家的么女，這件事在魔法界廣為人知。眾人也知道泉美是最受父親弘一疼愛的女兒。

關於七草弘一在師族會議被拿出來批判的背信行為，已經下了嚴格的封口令。對於二十八家以外的魔法界相關人士來說，七草家至今依然和四葉家並列為日本魔法界雙璧。受邀參加第一高中入學典禮的人，沒人膽敢惹七草家不愉快。

「剛才的致詞很棒喔。」

「謝謝……所以，請問有什麼事嗎？」

詩奈對泉美的稱讚感到不好意思，但依然好好詢問泉美搭話的原因。

泉美知道詩奈一反輕飄飄的氣息，實際上處事圓滑周到，所以沒被這種程度的敏銳嚇到。

「我想正式找妳商量那件事，接下來方便給一點時間嗎？」

「好的，沒問題。跟著您走就好嗎？」

「嗯，麻煩了。不用知會侍郎學弟一聲嗎？」

「侍郎同學肯定也知道，學生會的幹部會在入學典禮之後找我談事情。」

即使突然提到青梅竹馬的名字，詩奈也絲毫不顯慌張。

泉美帶詩奈前往學生會室。深雪與水波在裡面等。

「三矢學妹，歡迎妳來。」

深雪從會長席起身，移動到會議桌旁。泉美配合引導詩奈來到深雪正前方。

「先請坐吧。」

深雪面帶微笑，自己先坐下示意。

詩奈先看向泉美，然後戰戰兢兢坐下。接著水波與泉美坐在深雪兩側。

一杯茶放在詩奈面前。詩奈想道謝的時候，發現對方是3H——人型家事輔助機械，驚訝睜大雙眼。

「嚇到妳了嗎？這具3H『琵庫希』是我未婚夫的私人物品，我們請她幫忙處理學生會的雜務。」

深雪朝詩奈投以甜美的笑容，放鬆她內心的緊張。

詩奈看這張笑容看到入迷的時間比瞬間長一點。她驟然回神之後露出尷尬的親切笑容，表情裡的緊張神色逐漸消散。

「關於本校學生會的慣例，我想七草副會長已經說明過了。」

「是的，我知道。」

深雪先出言確認，詩奈做出肯定的回應。老實說，深雪要講的這件事，已經在詩奈與泉美之間協調完畢。詩奈被找來這裡只有形式上的意義。

「這樣啊。那我據此提出請求。三矢詩奈學妹，妳願意成為學生會幹部嗎？」

「這是我的榮幸。我會欣然接受這份職責。」

深雪表情微微放鬆。泉美預先轉達詩奈的意願，所以不用像去年那樣擔心被拒絕。不過實際確定之前還是靜不下心。自己那時也發生過一些風波，應該說深雪自覺風波是自己造成的，所以包含這一點在內也放下心中的大石頭。

「那麼，請三矢學妹從明天起以學生會書記的身分活躍。工作內容請詢問這位櫻井學妹。」

「我是書記櫻井水波。三矢學妹，請多指教。」

深雪說完，水波一邊鞠躬一邊接話這麼說。

「我才要請您多多指教！」

大概是被學姊搶先所以慌了，詩奈有點慌張地鞠躬回禮。

「那個，會長、櫻井學姊，叫我詩奈就可以了，方便今後請兩位這樣叫我嗎？」

然後她有些客氣地提出這個要求。

「知道了。詩奈學妹。這樣可以嗎？」

「是的，請這樣叫我。」

深雪的回應帶著親切之情，使得詩奈露出安心的表情放鬆肩膀。

◇◇◇

ＩＤ卡發放完畢後，入學典禮相關的流程告一段落。今天是週日，但校舍為了新生而開放。許多學生前去確認自己的教室，在教室和即將同窗一年的同學培養感情，除此之外的學生則是和家人聚餐紀念。幾乎所有新生都屬於這兩者之一。

不過俗話說得好，凡事必有例外。今年也有新生不符合這兩種情況。

達也完成入學典禮的善後工作，將後續的打掃與上鎖交接給職員，然後離開講堂。幹比古、穗香與雫也和他在一起。幹比古以風紀委員長的身分聽取各委員的最終報告，穗香以學生會幹部的身分檢查備品，不過雫說穿了只是留下來陪穗香。

講堂出入口離校舍門口很近。走這一小段路的途中，幹比古露出疑惑表情停下腳步。

「幹比古，怎麼了？」

「……有人使用法術？」

聽到幹比古如此回答達也，同行的穗香與雫轉頭相視。

「古式法術嗎？」

「是……吧。大概是『順風耳』。這個魔法是用來接收遠方特定地點的聲音。」

「偷聽的法術？」

「不，哎，是沒錯啦……」

雫這句話無法判別是吐槽還是搞笑，使得幹比古散發脫力感。

但他很快重整態勢。

「應該累積過不少修行吧，技術水準挺高的。不過術式強度偏低。不知道是故意保留實力，還是天生素質不適合這個法術……」

「熟練度高，素質卻不適合嗎……」

「達也，你心裡有底？」

達也的口吻令人覺得他或許察覺術士身分，但他沒回答幹比古的問題。

「知道地點嗎？」

達也問完，幹比古閉上雙眼，就這麼環視四周般緩緩轉頭。

「第一小體育館周邊……吧。」

幹比古整個身體轉三分之一圈的時候張開眼睛，以沒什麼自信的語氣回答達也。

「達也同學……今天小體育館沒開放吧？」

達也點頭回應穗香的詢問。

「沒錯。社團也全部休息。總之去現場看看吧。」

百聞不如一見。沒人反對達也的意見。

◇◇◇

在這個時候，學生會室處於茶室狀態。詩奈已經可以回去了，但她想重新向不在這裡的達也以這個理由留下來。

泉美與詩奈正熱烈聊著國中時代的往事。面帶笑容聆聽的深雪，在兩人話題告一段落的時候放下咖啡杯，對詩奈說話。

「話說回來，詩奈學妹。」

「是，會長。」

詩奈掛著放鬆得多的表情，重新面向深雪。這個時候的她完全大意。

「從剛才就使用知覺系魔法努力想要入侵這個房間的孩子，是和詩奈學妹從小一起長大的男生對吧？記得名字叫作矢車侍郎……」

深雪依然笑咪咪的，但是雙眼隱含強烈的光芒。

「咦……？」

被深雪目光射穿是原因之一，但是深雪親口告知的事實，令詩奈受到更大的打擊。

詩奈一瞬間失去自我，接著匆忙取下耳罩。

「詩奈，沒問題嗎？」

見狀慌張起來的是泉美。深雪則是理解詩奈這麼做的原因，冷靜注視著她。

水波想對詩奈說話，深雪以豎起手指放在嘴脣的手勢制止她。

詩奈的聽覺與魔法知覺沒有直接的關連性。這方面和戴眼鏡隔絕靈光就會連魔法知覺能力都被阻絕的美月不同。

不過以詩奈實際的感覺，取下耳塞（附帶音量調整功能的耳罩），對於「外部」魔法波動的知覺會比較靈敏。

如果沒有耳罩降低物理音量，詩奈連日常生活都無法好好過。

若是自主使用魔法調節聽覺，對於己身魔法的知覺就會打折扣，變得無法好好使用魔法。

戴耳罩雖然不會妨礙到己身魔法的使用，對於外部的魔法干涉卻會變得遲鈍。如同現在沒察覺學生會室正受到知覺系魔法的入侵。

詩奈面臨的兩難（在這個場合應該說三難），唯一的解決之道是身邊的人貼心別發出聲音。

詩奈雙眼半閉，露出豎耳聆聽細微聲音般的表情集中注意力，沒多久就睜大雙眼。

「侍郎，你居然做這種事……！」

她語氣裡的憤怒多於驚訝。而且是源自羞恥心的憤怒。

「詩奈學妹，我認為妳最好先戴上耳罩。」

深雪這句話，使得詩奈臉上的可愛怒火熄滅。

相對的，她臉頰愈來愈紅。

掛在脖子上的耳罩，詩奈以偷偷摸摸的動作重新戴好，就這麼臉紅低頭。

「那個，不好意思……我朋友做出這種失禮的行徑……」

連聲音也像是隨時會消失。

「不用在意這種事喔。因為以學生會室為首的重要設施，加裝了特別嚴密的防護措施。」

詩奈瞬間露出疑惑表情，看來沒能立刻理解深雪這番話。

「……您說的防護措施，是類似結界的東西嗎？」

「以原理來說相同。本校兩年前發生小小的風波，後來就和專業廠商簽約強化保全系統。」

詩奈停頓數秒，想起那段「小小的風波」，含糊說聲「這樣啊……」附和。詩奈聽姊姊說過第一高中兩年前發生的事件。武裝恐怖分子的入侵，深雪輕描淡寫形容為「小小的」，這種感性令詩奈有種強烈的突兀感。

「矢車學弟是詩奈的護衛嗎？」

不過，深雪接下來的問題，使得詩奈為瑣事納悶的餘力飛到九霄雲外。

「是的，不，嚴格來說不是……」

大概是狼狽吧，詩奈的回答不得要領，這次輪到深雪歪頭納悶。

此時，同情看著詩奈的泉美幫她解釋。

「深雪學姊，矢車家整個家系都從事三矢家的幫傭兼護衛。侍郎學弟和詩奈同年，本來會成為專屬護衛，這個預定卻在升上高中之前取消。詩奈，我說的沒錯吧？」

「啊，嗯，那個……」

詩奈之所以支支吾吾，是因為不想被追問原因。即使在當事人聽不到的地方（學生會長保證竊聽會失效），詩奈也不敢說是因為魔法天分不足才失去護衛職責。她察覺這個宣告重創侍郎。

「這樣啊……換句話說，妳沒立場管理矢車學弟的行動吧？」

「啊，是的。」

不過，深雪問的問題出乎詩奈意料。

面對不知所措的詩奈，深雪單手按著臉頰，一副「傷腦筋……」的模樣。

「這麼一來，擅用魔法的這個行為變成矢車學弟的獨斷獨行……沒有酌情考量的餘地了。」

深雪這番話相當直接了當。

正因如此，所以詩奈啞口無言。

「魔法就這麼未遂失敗收場，即使用這個名義減刑……剛入學就禁足很可憐吧。泉美學妹，妳認為呢？」

深雪詢問泉美，詩奈只能呆呆注視，甚至沒能開口制止。

「我也不是完全不認識他，老實說希望會長從寬處置……不過正因如此，我認為反而不能網開一面。因為要是讓人認為十師族的人違反校規也逃得過懲罰，會對其他學生造成不良影響。」

「請等一下，拜託！」

詩奈發出聲音起身。因為慌張，所以聽不清楚她請求眾人改變主意的話語，卻成功吸引深雪

「侍郎他沒接受！所以才會做出這種傻事！」

詩奈朝著看向她的深雪，以激動語氣大聲說。

「妳說的『沒接受』，是指他沒接受自己失去保護妳的職責？」

「……是的。」

深雪冷靜詢問，詩奈一臉難為情地點頭。內心稍微平復，激動的心情退潮之後，同等的羞恥浪潮捲向她。

「換句話說，矢車學弟刺探學生會室的動靜，是為了確保妳的安全？」

深雪這番話不是在欺負詩奈。

「是的。到頭來，原因在於三矢家沒能讓侍郎接受這個處置。我們有義務好好說服他。而且既然當事人是為了我而行動，我就有責任阻止他。這次是我監督不周。我會好好罵他一頓，要他再也別做這種事。」

深雪那麼問，是為了讓詩奈說出她有所顧慮說不出口的話語。

「所以這次就好，請會長寬恕侍郎這次做的傻事！」

「詩奈學妹，妳剛才承認自己有責任監督矢車學弟，妳知道其中的意義吧？」

深雪的聲音、態度與眼神都很溫柔。

不過，為了回答這個問題，詩奈非得擠出全身的氣力。

「——我明白。」

「泉美學妹，妳認為呢？我認為可以交給詩奈學妹處理。」

「我也認為這次這樣就好。」

泉美笑著回應深雪。這張笑容與其說像是姊姊真由美，更像是父親弘一。

「謝謝！」

詩奈深深鞠躬。她確實理解到泉美所說「這次」兩個字的意思。

◇◇◇

達也等四人在第一小體育館前面暫時停下腳步。

「術式的氣息呢？」

「還在持續。應該在這裡後面的牆邊。」

幹比古規矩地回答達也這個問題。

「……慢著，用不著問我，你自己應該也偵測得到吧？」

接著他終於察覺這一點。

「我不想多花力氣。」

不過，達也聽起來像是任性的這句話，沒有引來幹比古的抗議。因為幹比古具備的知識，足以知道達也不是偷懶才這麼說。

看人者，人恆看之。不需要引用知名哲學家的這句話，這也是真理。至少魔法師被投以知覺系魔法的視線時，會感應到視線隱含的魔法力。

如果實力相差懸殊，就可以在對方沒察覺的狀況下監視，但使用任何魔法都不是零風險。即使是達也的精靈之眼，只要對方擁有相同技術，就可以察覺觀測者的存在。

既然幹比古已經認知到對方，達也就沒必要刻意背負風險。

「達也同學，所以要怎麼辦？」

「直接逮捕？」

穗香與雫不像幹比古理解得這麼清楚，不過她們似乎認為既然兩個當事人接受了，就無須把這種事當成問題。兩人詢問達也如何處置違反校規的人。在這個場合，她們原本應該問風紀委員長幹比古才對，大概也沒清楚意識到這一點吧。

達也瞥向幹比古，幹比古本人似乎也不在意。所以他同樣沒多說什麼，簡單向三人指示接下來要進行的程序。

◇◇◇

——有人正在接近。

今天剛就讀第一高中的一年級新生矢車侍郎，將自己投向學生會室的注意力拉回自己現在所在的地方，也就是第一小體育館後面。

（這股氣息……兩人，不，三人嗎？）

知覺系魔法只要不是強化己身五感的類型，就不會覆寫情報體，也難以被他人察覺，但也並非完全不留痕跡。侍郎曾經被耳提面命許多次。

光是對學生會室使用「順風耳」，就是冒著擅自使用魔法遭到處分的危險。他不想背負更多風險。

侍郎沒使用魔法，直接讀取傳過來的氣息，推測有三名魔法師正在接近。兩名是女性。應該不是教職員，是女學生。這兩人完全沒隱藏氣息。不過另一人巧妙控制自己的氣息。感覺不像是隱藏氣息悄悄接近。給人的印象是無須特別注意就能自然控制自己的氣息。實力相當深厚。或許是教職員。

侍郎使用的魔法是他人難以察覺的感知系魔法，又是不易被感應器捕捉的古式魔法，但他認為第一高中的教職員或許可以察覺。正在接近的三人，他從一開始就排除只是在巡邏的可能性。

說來遺憾，「監視可能威脅到詩奈的風險」這個目的沒完成。他的「順風耳」終究無法突破學生會室周圍布設的結界。

認為魔法科高中只會使用現代魔法術式，看來只是自己一廂情願。侍郎不情不願承認這一點。不過再怎麼豎「耳」聆聽，也聽不到別人對詩奈說些什麼。侍郎還保有見好就收的冷靜判斷力。

——自以為還保有。

侍郎無聲無息離開藏身處。當然和接近的三人走反方向。他沿著小體育館外牆移動，若無其事要走到林蔭步道。

但他才開始移動，就不得不停下腳步。

（什麼？）

他好不容易將驚愕的聲音嚥回去。但是毫無意義。

「你是新生吧？我偵測到這附近有人不當使用魔法。我想聽你怎麼說，麻煩和我一起走。」

直到像這樣撞見，都沒察覺到這名學長的氣息。侍郎看過這張臉。即使是他以外的新生，肯定也大多知道這名學長的長相與姓名。

學生會幹部。九校戰的超級工程師。恆星爐實驗的核心成員。同時也是四葉家下任當家的未婚夫。

（司波達也！）

侍郎最警戒的人物。

他連忙解開頭髮，以長髮遮住臉。

然後發動高速移動的古式魔法「韋駄天」，想從達也面前逃離。

「慢著！」

達也叫住侍郎的聲音不是很大，至少沒有魄力能讓企圖逃走的人卻步。

侍郎踉蹌的原因，在於隨著這個聲音射出的想子砲彈。

對抗魔法——「術式解體」。

這真的是想子的大砲。暴露在吞噬全身的想子流，不只是正要發動的魔法失效，連身體都麻痺無法控制。

腳踩不穩，四肢也無法保持平衡。

身體下墜的途中，侍郎好不容易取回些許自由做好防護措施，多虧這樣而免於受傷，卻還是淒慘摔倒。

（可惡，動啊！）

侍郎在內心鞭策自己的身體，想取回主動控制權。他具備的知識足夠理解到自己的手腳不知為何不聽使喚，所以不會因為突然麻痺而恐懼，卻因為知道原因而更為焦急。

肌肉依照神經傳達的電流訊號收縮。只要是人類都具備這個機制，魔法師也不例外。不過侍郎他們這樣的人不完全是這樣。

肌肉會實行大腦的命令。神經傳達命令時會產生極短暫的延遲。完全不會妨礙日常生活的零點幾秒誤差。一般來說甚至不會認知到這一瞬間。

不過，對於將內心琢磨到足以感應這一瞬間的人來說，下令到實行的時差，是令他們感到極度心急又不自由的剎那。在極度專注而拉長的時間中，可能會嘗受到「明知敵人的攻擊接近，卻因為意念還沒傳達到四肢而無法閃躲或防守」的不甘心。不，若能品嘗這份悔恨還算好，這一瞬間也可能帶來「終結」。

能夠實際感受到意念與行動誤差的人，發明克服這個障礙，讓自己更自由行動的各種技術。不以神經訊號傳達命令給肌肉，而是以想子直接將意念傳達給身體的技術就是其中之一。

這個技術是一種無系統魔法，不過學得會的人不只是魔法師。任何技術在某方面來說都會看天分，這種操作身體的技術也無法斷言所有人都學得會。但只要按照適當程序累積修行，即使沒有魔法天分也學得會。也有不少人不知道這是無系統魔法，而是當成武術技巧熟練使用。

侍郎缺乏魔法天分，相對的，他熱心鑽研武術。多虧這份努力，這項技術他也學習得爐火純青。如今他不必使用魔法，身手也能敏捷到不輸給使用自我加速魔法的魔法師。

然而這次造成反效果。侍郎總是以想子控制身體，所以中了達也的術式解體之後，不只是高

速移動的魔法被強制解除，還失去控制身體的能力。

自己倒在地上，對方接近到再踏一步就碰得到的距離。侍郎也知道現狀一般來說逃不掉。

（會被抓？休想得逞！）

即使如此，他還是沒放棄。

他以終於回復控制能力的雙手撐起身體，抬頭環視尋找大小適中的石頭。透水型彈性水泥路面以及草皮平整的空地，沒有侍郎想要的小石頭。但他發現路樹根部掉落一根較粗的樹枝。大概是受到外力折斷吧。前端有點尖，剛好符合需求。

（好，就那個了。）

侍郎注意力集中在那根樹枝。他不打算讓對方受重傷，而是稍微刺一下，趁對方畏縮的時候逃離這裡。

不過，侍郎的「力」還沒產生作用，他就再度被想子洪流吞沒。

第二次的術式解體。

目標不是「力」即將產生作用的樹枝，而是侍郎本身。

（這是開玩笑吧？一般來說，在那種狀態還會繼續追擊嗎……？）

終於即將回復的身體控制能力再度麻痺，這股震撼讓侍郎意識朦朧恍惚，緩緩被黑暗吞噬。

◇◇◇

「……達也還是一樣毫不留情。需要讓他挨兩次術式解體嗎？」

繞過小體育館再度會合的幹比古，低頭看著在達也前方倒地昏迷的侍郎，傻眼笑著詢問。

「因為他似乎擁有頗為棘手的能力。」

「能力？」

達也不是說「魔法」，而是說「能力」，使得幹比古提問。

不過，達也沒回答這個問題。

「昏迷在我意料之外……大概是對想子很敏感吧。」

「達也同學，不用帶他去保健室嗎？」

穗香的這個問題，使得幹比古關心的對象也換成侍郎的身體狀態。

「達也，既然他對於想子特別敏感，那就不太妙吧？你那招術式解體的震撼，原本就強烈到像是在耳朵旁邊用力敲鑼了。」

「講得真難聽。我好歹會調整輸出功率喔。不過……這次確實毫不留情就是了。」

「達也？」

達也坦承之後，幹比古焦急大喊。

相對的，雖然是自己下手太重，達也依然冷靜。

「與其說是昏迷，我想他現在應該是睡著的狀態，不過帶他去保健室以防萬一吧。」

達也輕鬆扛起侍郎。

用看的就能分辨昏迷與睡眠的差異？幹比古、穗香與雫都沒說這句話吐槽。

侍郎睜開眼睛時首先看見的，是正在觀察他的青梅竹馬臉蛋。

「侍郎！太好了，你醒了。」

又哭又笑的表情，隱約透露不安的神色。

「……詩奈，我沒事。」

侍郎不清楚狀況，也還沒想起自己睡著的原委，總之先起身表示自己沒事。因為他認為最優先事項是消除詩奈的不安。

「哪裡會痛嗎？視線會模糊嗎？我的聲音聽得清楚嗎？」

「全身都不痛，眼睛與耳朵也正常。」

聽到侍郎的回答，詩奈看起來稍微鬆了口氣。是的，「稍微」。就侍郎看來，她心中還留著沒能拭去的不安，應該說擔憂。

「太好了。那麼……」

詩奈看起來在掛念某些事而變得怯懦，卻從她身上感受到一股壓力。這是什麼？侍郎背上冒出不舒服的汗水，聆聽從小一起長大的少女即將說出的話語。

「侍郎，不可以躲喔。」

即使如此，侍郎還是以為詩奈這句話是他聽錯了。不只是無法理解詩奈為何這麼說，也因為這句話的內容不符合詩奈溫和的個性，他的大腦沒能好好接受。

詩奈接下來的行動，沒有顧及侍郎的困惑。

她高舉右手，一巴掌打向侍郎臉頰。

侍郎臉頰發出響亮的聲音。

侍郎有看見詩奈的動作，技術上也躲得開。形容為「輕而易舉」比較貼切。不過到頭來，「閃躲」這個選項沒浮現在侍郎腦海。

「為什麼……？」

詩奈雙眼噙淚。

侍郎以不知所措的聲音，詢問表情像是隨時會放聲哭泣的詩奈。

「為什麼做出竊聽這種傻事？」

詩奈沒回答，而是以詢問代替。

比問題內容還要顫抖的這個聲音，使得侍郎語塞。

「我看起來……這麼不可靠嗎……？」

「詩奈……」

侍郎沒能回答「是」或「否」。無論可不可靠，他都想排除詩奈身邊的危險。但他如果說出真心話，詩奈應該會解釋成肯定的回應吧。就算這麼說，如果以否定回應詩奈，侍郎就會失去留在詩奈身邊的理由。

詩奈淚眼汪汪，瞪著叫她名字之後就沉默不語的青梅竹馬。

「侍郎……」

聽起來有點落寞的責備聲。由於毫不做作，年輕男生肯定會被激發罪惡感。侍郎內心當然也大為慌張，但他依然保持沉默。不是因為在賭氣，而是因為他更不知道該說些什麼。

雙眼狠瞪的詩奈，移開目光的侍郎。

先讓步的——或者說先失去耐心的——是詩奈。

「……我答應過會長。你的事情由我負責。」

這句話效果顯著。

「什麼？」

侍郎一臉驚慌失措，和詩奈視線相對。

「為什麼變成妳的責任？」

「我才要問，你為什麼這麼慌張？」

侍郎再度語塞，但這次沒移開目光。

「我負起責任會發生什麼問題嗎？」

「這……」

「應該是因為你自覺做了我負不起責任的惡質行徑吧？」

無法辯解。詩奈的指摘正中紅心。

「居然擅自使用魔法竊聽學生會室的對話，原本應該接受停學處分耶？我不希望你這樣！」

「……我知道。對不起。」

侍郎能做的只有低頭道歉。

他知道自己為什麼失去護衛詩奈的職責。即使感性沒接受，理性也理解箇中原因。

他為了確保詩奈安全而採取的行動，終究只不過是自我滿足。侍郎自覺這一點。因為自己的任性為詩奈添麻煩，只能說豈有此理。自己居然害到詩奈，本末倒置也要有個限度。

「我……應該聽伯父的吩咐，和妳保持距離比較好嗎？」

侍郎難受地詢問。如果做得到，他就不會這麼煩惱了。

但要是詩奈本人拒絕，他就會死心。這時候的侍郎是這麼想的。
「太遲了。」
不過，詩奈的回答完全超乎侍郎預料。
「太遲了……什麼意思？」
「我剛才也說過吧？我答應過司波會長。你的事情由我負責。」
侍郎也知道這次的事件完全是自己的錯。但他對此不能回答「好的，這樣啊」認同。
「我沒拜託妳這種事！」
「我才沒有被拜託呢！」
侍郎反射性地大喊，卻因為詩奈喊得更兇，所以氣勢被蓋過。
「但也沒辦法吧！」
反觀詩奈愈來愈激動。
「要是我沒這麼說，你入學第一天就必須在家裡禁足反省啊！」
詩奈歇斯底里說出的這番話，令侍郎無從反駁。
「我現在必須監督你！要是你闖了什麼禍，我就非得負責！所以不准再做今天這種傻事！知道了嗎？」
「啊，是。」

侍郎不禁更改語氣，表達恭順之意。

「……嗯。那麼，回家吧？」

至於詩奈大概是想說的發洩完畢而舒坦吧。她像是擺脫心魔，朝侍郎露出一如往常的笑容。

西元二〇九七年四月七日，魔法科高中入學典禮當晚。達也造訪獨立魔裝大隊總部。

召集令是昨晚下達的。時程緊湊得不合常理，達也終究面有難色，但畫面上的藤林說這件事重要到不能以電話說明，所以他不得不跑這一趟。結束入學典禮回家沒多久，達也就騎著心愛的電動機車出發前往霞浦。

霞浦基地籠罩著森嚴的氣息。即使是夜間，依然有許多行人與車輛往來。

平常人不多的獨立魔裝大隊總部也一樣，達也前往隊長室的途中，和不少官兵擦身而過。達也反倒覺得這棟建築物裡的人們最為活絡，簡直是即將出動前的氣氛。

（不對，應該不是「簡直」。）

達也在隊長室門口請求進入時這麼想。

「請進。」

（不是「進來」，是「請進」嗎……）

或許只是沒什麼太大意義的用詞差異。

但是不知為何，達也在意這種些微的差異。

「打擾了。」

達也暫時將這個不明的預感放在一旁，走到風間前方。

「抱歉在這種時間又這麼急著找你過來。不過考量到此事的重要性，本官認為無論如何都必須直接說明。」

「『說明』嗎？」

「沒錯。先坐吧。」

風間朝著從收納狀態展開的沙發示意。

達也不客氣地坐在三人座沙發的其中一邊。

風間起身繞過辦公桌，移動到達也面前。

兩人坐在沙發面對面。

「本大隊……」

風間不說任何開場白，突然進入正題。

「明天早上將出動前往北海道。」

剛才覺得「即將出動前」的印象沒錯。達也如此心想，卻緘口以免打斷風間說話。

「我們是先發部隊。依照狀況，本旅的所有部隊都會出擊。」

不過，風間這番話令人聯想到超乎預測的緊急狀況，達也無法繼續保持沉默，也認為不發一語不太恰當。

「出現敵人侵略的徵兆嗎？」

「沒錯。」

「您認為佐渡事件是聲東擊西對吧？」

「佐渡事件」指的是可疑船隻讓一条剛毅受傷的詭計。

「一點都沒錯。我們認為新蘇聯這次的企圖是侵略北海道。」

「『我們』是指？」

「如你所猜測的，這是佐伯閣下的想法。」

原來如此。達也在內心附和。關於敵方的企圖，參謀總部的預測大概分成北陸與北海道兩派吧。目前北陸派占多數。所以不是命令東北師團出擊，而是命令性質偏向游擊隊的一〇一旅擔任增援部隊出擊。以上是達也的理解。

「基於這個原因，所以暫時無法和你連絡。假設爆發橫濱事變那種事態也很難協助。」

「在下收到。」

如果發生兩年前那種事件，無法得到風間的助力確實是一大損失。達也接受了這一點。

不過這始終只是對達也而言，不構成風間叫達也過來的理由。達也如此心想，等待風間的下一句話。

「此外，依照狀況的演變，可能會請你協助。」

「可能」這種說法令達也覺得不對勁。

「意思是會叫我去北海道嗎？」

「不，是考慮請你在『這裡』提供助力。」

不過，從這句話就知道風間為何說得這麼慎重。

「『質量爆散』是嗎？」

「不只是質量爆散。佐伯閣下考慮請你使用第三隻眼，以超長程魔法進行支援攻擊。」

「在下知道了。」

這裡的「知道」是「理解」的意思，不是「答應協助」。

達也無法使用大隊的支援，大隊要利用達也的能力。風間告知的內容簡單整理就是這樣。軍隊原本就是這麼回事吧。不過立場明顯和以往不同。

「在下也是獨立魔裝大隊的一員，所以接到命令就會出動。」

達也起身向風間敬禮。

他這番話是真的。不過省略了「目前」這兩個字。

風間就這麼坐著朝達也點頭。他仰望達也的表情，看起來像是理解達也省略的字眼。

風間並不是單獨見達也。雖然完全沒在兩人交談時插嘴，但副官藤林在風間身後待命。目送達也離開的背影，等門完全關上，不用擔心說話被聽到的時候，藤林有些顧慮地開口。

「……隊長，不對達也說明詳情沒關係嗎？那樣的話，或許會對我們抱持不信任感。」

「意思是我們背叛了達也？」

風間說出的激進字詞令藤林畏縮，但她沒有就此閉嘴。

「應該不會覺得遭到背叛，卻可能覺得被切割。」

「『切割』嗎……這種說法未必是錯的。」

「隊長……」

大概是覺得話說得太重，藤林的聲音帶著規勸的語氣。

「抱歉。」

雖說沒有其他人聽到，但風間大概也認為不妥吧，謝罪的話語毫無窒礙地從他口中說出。

「不過，這是軍方與十師族原本應該保持的距離。即使達也回到四葉家的中樞，我們依然維持以往的關係至今。」

「屬下不認為這有什麼問題。他是極為寶貴的戰力。」

「日本只有兩人，推測全世界也不到五十人的戰略級魔法師。對於日本國防來說，他的力量確實不可或缺。所以更需要和他保持適當的距離。」

藤林不接受風間的說法。從她的態度就看得出來。但這件事並非在這兩人之間首度提及。之前和真田、柳以及山中討論過很多次。

「我們和達也過於親近。在幾天前的沖繩作戰，當中弊害清楚浮上檯面。因為過於親近，所以我們依賴達也堪稱鬼牌的能力。如果沒有他，我們無法那麼輕易找到敵方主力，也無法剝奪敵方情報人員的戰力。」

「……正因如此，所以我們應該堅持和達也維持友好關係吧？」

「達也被四葉打入冷宮的時候，這麼做是對的。不過四葉家認同達也是核心戰力之後，我們無法忽略被達也切割的可能性。四葉家和國防軍出現利益衝突的時候，妳為什麼能斷言達也會選擇國防軍？」

「……四葉家也要有國家的保護才能運作。達也理解這一點。我不認為他會選擇走上和國家對立的路。」

「前提是國家與軍方的利害關係總是一致。」

藤林明白自己的論法是倒因為果。所以一被指摘這一點就無從反駁。

「比方說，以戰略級魔法先發制人。這肯定對軍方有利，但不一定會為國家帶來利益。『質量爆散』不只是威力，在速度與射程都是擁有絕對優勢的兵器，但是毀滅敵軍也可能害得我國身處的狀況更加惡化。」

這不只是理論上的可能性。例如在南美，由於巴西軍過度橫掃周圍國家的軍隊，導致巴西以外的國家崩毀，至今都無法脫離連綿不絕的區域紛爭。所以大家才會說世界連續戰爭在南美大陸還沒終結。

「最令人害怕的是，由於我們和達也關係良好，所以國防軍高層誤以為隨時都可以動用『質量爆散』。『同步線性融合』的使用，使得各國對於投入戰略級魔法的心理門檻創下新低。如果我們沒和達也保持距離，想要動用『質量爆散』的人肯定會出現。」

風間的語氣像是教師在告誡學生。

「──那麼，我們更應該把真正的想法告訴達也吧？」

藤林其實也和風間抱持相同的擔憂，所以只能提出這個反駁。

「然後在達也內心植入對於國防軍的不信任感嗎？與其讓他對整個國防軍抱持負面印象，本官認為由我們扮演這個角色才是上策。」

這幾天，他們的議論總是在這裡結束。

達也造訪獨立魔裝大隊的時候，克人即將和七草智一進行密談。

地點在東京都心的高級日式餐廳。看起來是政界或財經界大人物光顧的店，不過端正坐在包廂的克人毫無格格不入的感覺。

在黑檀短腳桌前面等待一分鐘。智一現身了。

「抱歉讓您久等了。」

智一說完低頭致意，坐在克人正前方。大概不像克人習慣正坐，看起來有點不自在。

「請不用坐得這麼拘謹，放輕鬆吧。」

克人立刻這麼說。

「謝謝。那我就恭敬不如從命……」

智一在座椅上改為盤腿而坐，反觀克人維持正坐姿勢。加上原本的體格差距，看起來像是克人俯視智一。不過智一與克人表面上都不在意。

進行制式寒暄，喝一口無酒精飲料之後，兩人自然而然進入會談模式。

只不過，兩人並非同時開口，話匣子是由克人打開的。

「七草先生。令妹說您想找我商量事情？」

「是的，進入正題吧。關於最近敵視魔法師的風潮，十文字先生認為該如何應對？」

智一用詞微妙，克人眉頭輕顫表示意外。

「不是『怎麼認為』，是『認為該如何應對』嗎？換句話說，您認為我們對於反魔法主義的應對方式，必須從被動改為主動？」

「是的。」

智一沒有掩飾或隱瞞，而是直接承認。這方面的個性可以說不太像是父親弘一。

「繼續站在受害之後才應對的立場，我認為將會招架不住。」

「您的意思是說，針對魔法師的攻擊性宣傳要是置之不理，可能造成無法補救的事態？具體來說，您認為會面臨什麼樣的危機？」

「我害怕可能發生更勝於箱根恐攻的炸彈恐怖攻擊，或是綁架殺害無法使用魔法的幼童。」

「您認為會接連發生重大犯罪，害得不是魔法師的人們遭殃嗎？」

「是的。」

智一點頭之後，再度問克人相同的問題。

「為了避免這種狀況，我們應該怎麼做？」

「……我一時之間想不到。不，即使多花時間，我也不認為光靠我自己想得出好方法。」

克人沒逞強，而是老實承認。從他的個性來看一點都不意外。

「其實我也不知道。」

不過，智一如此輕易舉白旗，對還算熟悉七草智一為人的克人來說是出乎意料。

「這個問題太嚴重，不應該自己一個人擬定對策，而且就算想到妙計，也無法只由單一家系實行吧。」

「……確實，憑一己之力應該無法對抗現在的反魔法主義運動。」

克人同意之後，智一露出稍微鬆一口氣的表情。

看起來不像是裝出來的。克人覺得智一在這一點沒他父親弘一那麼難應付，也比弘一可信。

「我認為這個問題不只是十師族，必須找更多魔法師集思廣益，凝聚共識來對應。」

「七草先生認為應該召開日本魔法協會的總會來諮詢嗎？」

「不。」

智一搖頭回應克人的詢問。

「忽然集結這麼多人，也只會得出平凡無奇的結論吧。何況即使集結當家階級，大概也只會自始至終勾心鬥角，成為毫無助益的議論。」

「這很難說吧。如果立場足以代表各家的人沒來參加，我認為即使會中做出任何決定，也很可能淪為空口說白話。」

克人反駁之後，智一不知為何像是「正合我意」般大幅點頭。

「所以說，我認為不是找各家當家或是年紀相仿的代表，而是召集更年輕的世代，幾乎確定會成為下任當家的人們。首先以二十八家為首，再擴大到加入含數家系百家的成員。您覺得這樣如何？」

克人覺得這個想法不錯。

坐上當家位子之後，克人實際感受到自己的思考方式改變了。

與其思考是否是適當或最佳的方案，會先思考能否實現。他有這樣的自覺。

一言以蔽之，彈性思考的能力下降了。

就算這麼說，完全忽略是否可以實現的理想論，導致事態反而變得混亂的風險很高。站在非得顧慮到實現可能性的立場，卻不像當家那麼綁手綁腳的下任當家或直系子女齊聚一堂集思廣益的話，或許可以想出建設性的建議，提供給師族會議。

不過，雖然這個構想不差，但同時也過於籠統。

「要找下任當家的話，我就沒資格參加。」

這句話令智一慌張不已。

「不，十文字先生還年輕，既然宗旨是聚集年輕世代……」

「要用年齡區分參加資格嗎？那麼具體來說，您想找幾歲以下的人？七草先生您當然會參加吧？」

「啊，是的。我想想……三十歲以下怎麼樣？」

「如果定在三十歲以下，六塚閣下就有資格參加，八代閣下卻沒有？」

智一冒出冷汗，好不容易重整態勢。

「應該需要劃一條界線吧。八代閣下有一位歲數差不多的弟弟輔佐，我認為沒問題。」

「確實，我認為需要一條界線。」

克人沉重點頭。對於智一來說，這個反應無法讓他放鬆。

「知道了。請容我盡棉薄之力協助。」

不過，聽到後續這句話，籠罩智一的氣氛頓時不再緊繃。

◇◇◇

入學典禮隔天的第一高中，雖然看得見新生不知所措的模樣，不過大致維持風平浪靜。

要說達也不在意來參觀教學過程的一年級新生視線，騙人的，不過自己兩年前也站在參觀的立場。如此心想的達也決定忍著點。因為雖說在意，也只限於等待做實驗的這段時間，輪到自己做實驗之後，這些視線就會自然從意識裡消失。

達也所屬的魔法工學科創立進入第二年。去年直到快開學都尚未決定指導老師，課程也沒有完全定案，所以去年新生參觀教學的期間沒有正式上課，實際上今年是第一次像這樣迎接新生前來參觀……但是連達也都沒預料到會聚集這麼多新生。

原本第一高中就是一所想成為魔法師或魔工師的學生比例很平均的學校。真由美他們那屆想當魔工師的學生比較少只是偶然。不過「平均」指的是「從整體比例來看不算極端」，魔法技能擁有者之中，魔工師的人數明顯少於非魔工師。

來參觀的一年級學生也並非全都想成為魔工師吧。即使如此，魔法工學科還是如此受到矚目，肯定是去年的恆星爐實驗造成莫大影響。

達也思考這種事的時候，輪到他上場了。這堂實習課的課題，是以預先設計的魔法式製造錫的真球，而且在製造過程不能額外加工。也就是說要建構出網羅所有工序的魔法式。

製造真球的步驟也是既定的。融解錫，中和重力，以表面張力塑造球體，避免化為球體的液態錫變形，冷卻之後定型。以上就是全套步驟。

不過，必須中和的重力不只是地球引力。即使可以忽略實驗者或觀察者質量產生的引力，也不能忽略月亮與太陽的引力。完全阻絕地球引力的話會被自轉拋下，所以必須一邊追隨自轉，一邊調整旋轉造成的變形。為了防止氣流造成變形或表面受損，液化錫周圍必須真空。冷卻過程不均等的話，收縮率會產生差異，在這裡也會出現問題。不是直接以「成為真球」的情報覆寫，是依照步驟加工為真球，習得魔法精密控制技術的高階訓練。

實驗裝置共五台，每個學生有十分鐘的時間。要在這段時間以編輯器組建啟動式，構築到ＣＡＤ，執行魔法並且完結。課堂上準備了建構啟動式用的模組元件，不過要不要使用是學生的自由。

課題內容已經事先告知，所以學生在上課之前就在準備啟動式。不過禁止將啟動式成品帶進實驗室。學生非得靠著自己的記憶力與臨場靈感，從啟動式創造魔法。

用來製作啟動式的編輯器畫面，在天花板懸掛的大型螢幕播放。或許有人認為這麼一來可以恣意作弊，不過校方也考量到這一點，所以實驗是從成績最差的學生依序進行。何況即使劈頭就想照抄別人的啟動式，最後也會因為邏輯出錯無法發動魔法。既然有能力抄襲，就應該評定這也是一種優秀的技能。這是校方的想法。

達也是最後一組。開始上課至今四十分鐘，他就只是旁觀同學們的操作。並不是沒有學生值得參考，但達也前一天就設計好啟動式，現在就算臨時想到點子修改，也只會愈改愈差。

前一組製造的金屬球提交完畢（評分最重視的就是錫球成品的精密度）之後，達也走向實驗裝置。他不經意看向參觀席。大概是多心吧，新生人數看起來增加不少。

電子鈴聲告知課題開始。只要在時限內完成，速度就不影響評價，但因為設定時限，所以為了公平起見，編輯器在鈴響之前處於鎖定狀態。

達也一如往常，只以鍵盤手動輸入啟動式。沒有特別趕時間。他知道今天的課題可以在十分鐘內輕鬆完成。

啟動式的字串在面前的螢幕捲動。天花板懸掛的大型螢幕也同步播放相同畫面。

出現小小的騷動。一年級新生沒人不懂規矩大呼小叫，但這樣稱不上禮貌。聽得到帶隊教師輕聲警告。

何況講悄悄話的不只是參觀的新生。班上同學的聲音也混在騷動聲中。達也編寫啟動式的樣子，同學肯定看過很多次了，大概是受到一年級的影響吧。

這種小小的雜念也立刻從達也腦海消失。不必要的情報從意識裡排除，空出來的資源全部投入魔法的建構工作。

達也的手指停止敲打鍵盤。監視他實驗裝置的大型螢幕，以３Ｄ進度條顯示啟動式從編輯器複製到ＣＡＤ。

在最後一組的五人之中，達也的啟動式最快進入可以使用的階段。相隔一人的平河千秋，以不甘心的視線刺向達也側臉，但他百分百無視這道視線，啟動ＣＡＤ。

這項課題（其實是魔法工學科課題的共通點）所需的技能不是速度、容納力或事象干涉力，是正確建構複雜魔法式的能力。

當然，容納力或事象干涉力並非完全不需要，不過這方面只要在魔法式插入強化工序就好。雖然魔法式會相應變長（不是變大），但是這個課題並非比賽魔法發動的時間，所以多花時間也不成問題。

放在達也兩公尺前方的錫試料上浮，融解並失去輪廓。液化金屬逐漸整合為球形。新生在參觀區目不轉睛看著這段程序。最後一組的另外四人也進入魔法發動階段，但是一年級學生的目光集中在達也的試料。

達也旁邊的實驗裝置，成形為球體的錫發出小小的聲音回到台座。十三束首先完成魔法。達也的試料還在冷卻。

即使第二人完成（第二名是千秋），達也臉上也沒有焦急神色。這個實驗原本就不能在中途加工，魔法發動之後，即使是身為術士的學生也只能旁觀。達也靜靜看著在真空無重力空間逐漸凝固的金屬球。

凝固完畢的錫球回到試料台。沒聽到落下的聲音。證明包含放回台座的程序在內都完全以魔法控制。在最後一組的五人中，達也以剩餘時間一分三十秒的第三名成績，完成今天的課題。

◇　◇　◇

三年E班今年的實技指導老師同樣是珍妮佛．史密斯。實驗在下課之前結束，達也就這麼被珍妮佛叫去教職員室。

「你今天應該還要忙學生會的事，所以我長話短說。」

現在是第五堂課即將結束的時間。接下來就放學，達也必須前往學生會室。這部分正如珍妮佛的認知。

「雖然還有點早，不過今年的論文競賽，你預定要用什麼主題參加？」

論文競賽——「全國高中生魔法學論文競賽」在十月的最後一個星期日舉辦。今年是十月二十七日。看起來還很久，不過選出學校代表的校內選考會是在六月舉行。現在問這個問題不算早。

「還沒決定。」

所以達也沒特別感到意外，簡短如此回答。到頭來，他還沒決定是否要參加論文競賽，不過這件事沒必要在這時候告知。雖然魔工科有義務報名選考，但也並非不能婉拒。

「這樣啊。那還好。」

「你說『還好』？」

達也終究也無法理解「還好沒準備」這種說法。他會忍不住複誦反問也在所難免。

珍妮佛看起來不慌不忙，大概是某種程度猜到達也會問這句話的意思。既然這樣，應該可以一開始就詳細說明讓對方聽懂，但或許她有她自己的程序吧。

「是的。其實有件事要告訴你。」

「是關於論文競賽的主題選擇嗎？」

「是的。」

聽到這裡，達也預測的可能性縮減到兩個。

其一是要求論文競賽選擇恆星爐——常駐型重力控制魔法式熱核融合爐相關的主題，其二是禁止在論文競賽提到恆星爐。

「論文競賽的主題，請選擇恆星爐以外的題目。」

達也的預測以五成機率命中。

「知道了。」

達也很乾脆地答應，珍妮佛投以疑惑眼神。

「……不問原因嗎？」

「我自認理解恆星爐的危險性。我也覺得這個主題不適合在論文競賽採用。」

「這樣啊。看來是我多管閒事了。」

這不是達也的真心話，但珍妮佛似乎聽他剛剛的說明就接受了。

不適合在論文競賽發表。達也真的這麼認為。

不過，不是因為危險。恆星爐是達也所構思「魔法師解放計畫」的核心技術。只有這方面不能被別人模仿或搶先取得專利。

「這麼說來，賢人學弟好像按照志願晉級魔工科了。雖然晚了點，不過恭喜。」

達也這番話沒有太大的意義，單純是用來改變話題。何況他雖然說「這麼說來」，但他是擁有學生名冊閱覽權限的學生會幹部，早在魔工科升級測驗結果出爐的三月上旬，就知道珍妮佛的兒子賢人晉級魔工科。

「謝謝。」

珍妮佛果然身為人母，總是冷酷的表情放鬆露出笑容。

「今年合格率也很低，不過明年競爭大概會更激烈。魔工科或許需要增班。」

珍妮佛不經意說出的這句話，是達也未知的情報。或許只是閒聊，卻刺激他的好奇心。

「入學典禮剛結束不久，就已經出現這種徵兆？」

珍妮佛臉上掠過一絲「糟糕」的表情，大概這件事不能透露給學生知道。但她或許換個想法認為不必保密，很乾脆地回答達也的疑問。

「今年的入學測驗和歷年相比，在魔法工學拿高分的考生比較多。擅長這方面技術的新生比率也比往年高。」

達也心裡立刻有底。剛才覺得參觀實驗的人很多，看來不是自己的誤會。

這方面的原因，珍妮佛在達也還沒思索之前就揭曉。

「果然是去年的恆星爐實驗造成很大的影響吧。按照歷年慣例想選擇第四高中的學生，好像也來我們學校就讀了。因此今年入學考試的錄取率也降低。」

「這樣啊。如果我說我做錯事……應該不適當吧？」

「應該認定是新生水準提升了。」

不知道是認真還是說笑，珍妮佛如此回應之後，對達也說「我說完了」准他離開。

和珍妮佛交談的時間，客觀來看沒有很久。達也走到學生會室開門時，裡面只有琵庫希。琵庫希和學生會室的保全系統相連（其實不只是學生會室），所以肯定感應到達也入內。但她沒有迎接達也，當然也沒說「主人，歡迎回來」這種話。

達也坐在自己的座位，開啟終端裝置。啟動時幾乎沒有讀取時間，他立刻開始工作。

琵庫希確認沒收到任何命令，起身移動到自動配膳機前面。3H原本的功能是家用自動化系統的人型無線介面，一般用來集中管理打掃、料理或空調。基本構造相同只有規模不同的商用自動化系統，也只要將控制用的軟體升級就能操控。設置在學生會室的自動配膳機是商用規格，但琵庫希可以輕鬆遙控。她起身的時間點，自動配膳機就已經運作。

自動配膳機送出的咖啡，由琵庫希端給達也。雖然是自動機器泡的咖啡，不過這台機器等同於她的第三、第四隻手，完成的咖啡微調為達也喜歡的口味。

喝過咖啡的達也沒有其他要求，所以琵庫希坐回待命用的椅子。

琵庫希坐下沒多久，二年級的泉美與水波就進入學生會室。看到達也的泉美似乎以為深雪也來了，看向沒人坐的學生會長席，明顯露出失望的表情。反觀水波看到達也桌上擺著咖啡杯，感覺不太高興。

幸好兩人的不滿立刻消除。

「達也同學，你已經來了啊。」

「泉美學妹與水波學妹也好早來。」

泉美與水波還沒就坐，深雪與穗香就來了。

水波還沒開啟自己的終端裝置就去泡茶。琵庫希掌握學生會室裡不含資訊機器的各種設備，但是沒鎖定為只有她能使用。水波泡了包括自己在內的四人分紅茶。之所以沒泡咖啡並不是基於什麼意思。應該吧。

另一名學生會幹部，剛進入學校與學生會的詩奈，看來會晚一點過來。

詩奈之所以晚到，不是課上得比較久這種原因。今明兩天是安排參觀魔法實驗與實技的專業課程。沒有指導老師的二科生正常來說都是自由參觀，但一科生由指導老師帶隊參觀。雖然沒有明文規定，至少一科生沒人敢在剛入學沒多久就不照規矩走。

A班到D班的參觀是由指導老師管控，所以不會拖延時間或是耽誤下一個行程。反倒認為學生需要時間咀嚼自己看見的內容，所以早早就結束參觀回到教室，之後是學生的自由時間。

第一天最後一堂課也是這個模式。A班因為路線的關係，多了十幾分鐘的空閒時間。既然提早下課，一般來說也可以早點去學生會室，不過以結果來看，這段空檔造成反效果。

昨天入學典禮一結束，詩奈立刻受邀到學生會室，討論加入學生會的事宜之後，就和侍郎一起回家。班上同學沒機會和詩奈好好聊。今天中午，詩奈和同學一起用餐，但不是宴會或聚餐，只是正常一起吃飯，沒辦法聊太久。此外也是因為餐廳過於嘈雜，加上在意學長姊的目光。

A班的學生按捺不住想要「親近」詩奈的念頭。

本年度新生代表。今年新生之中唯一的十師族直系。不只是這些頭銜，班上同學不問男女都聚集在詩奈身旁的最大原因，在於她是連同性都疼愛的類型，平易近人的美少女。

一年級學生眼中的三年級深雪，除去她是四葉家當家這一點，也因為過於美麗而令人畏縮，光是四目相對就會軟腳的程度。香澄與泉美也不是能輕易搭話的感覺。尤其是泉美，即使看起來人很好，也不知為何難以靠近。不過三矢家直系的詩奈不會這麼難以接近。

老師一走出教室，詩奈就被同學包圍到動彈不得。而且即使來到放學時間，這個狀態也繼續維持。

詩奈也在意時間，沒忘記自己必須去學生會室。但她生性喜歡有人陪，這種人在十師族可以說很少見。詩奈在七個兄弟姊妹之中是年齡有段差距的老么，大概也受到影響吧。

詩奈原本擔心自己十師族的身分可能會被同學敬而遠之，所以像這樣被同學包圍的狀態令她感到舒服。老實說，她不希望只有自己這麼受到關切，但是除去這一點，現狀很接近她理想中的高中生活。

——不想在這裡說出不識相的話語惹人討厭。

詩奈抱持這個心態，遲遲不敢提到學生會的事。

拯救她逃離善意牢籠的人，是她忠心的青梅竹馬。

「詩奈大小姐！」

因為教室門口突然傳來響亮的叫聲而露出「啊？」表情轉頭的人，不只是包圍詩奈的A班學生。詩奈本人也同樣轉頭。不對，表情最驚訝的人就是詩奈。

「差不多該前往學生會了！」

侍郎突然做起這種奇特行徑造成的驚訝完全沒消除，但因為聽到自己以外的人這麼說，所以詩奈重新意識到「再不快去就糟了」的慌張。

「學生會？啊，這麼晚了！」

詩奈的同學們也終於察覺自己將她留在教室太久。

「三矢同學，對不起！好了啦，男生們！快讓路！」
「三矢同學，那個，抱歉哦？」
他們也不是基於惡意限制詩奈的行動，是不知不覺聊到忘我。剛入學的一年級新生不可能有膽量妨礙學生會活動，同學們接連向詩奈道歉。
「不，我才要說聲對不起。明天見喔。」
詩奈親切揮手，鑽出同學圍成的人牆，快步和開門等待的侍郎會合。

詩奈小跑步上樓，侍郎在後方兩步併一步跟上。
從三樓走到下一個階梯轉角處的途中，詩奈向侍郎開口。
「侍郎，那個，謝謝你。」
「別在意。我很清楚妳在那種場面沒辦法給人壞臉色看。」
「確實是這樣沒錯啦……」
詩奈對侍郎的回答有所不滿。感覺隨時要鼓起臉頰。
但她也自覺被說中，所以沒反駁。
「——不提這個，侍郎，剛才那是什麼？」
雖然明顯在轉移話題，但詩奈很在意「大小姐」這個陌生的稱呼，這也是事實。

「妳在問什麼？」

「還能問什麼，你剛才叫我『詩奈大小姐』……」

「這樣怎麼了嗎？」

侍郎不是在裝傻。

「妳是『大小姐』，這是毋庸置疑的事實吧？」

對於侍郎來說，「詩奈大小姐」這個稱呼和直接叫「詩奈」一樣自然。以侍郎父母的個性，不會因為侍郎和雇主女兒交朋友而擺臉色，卻也沒有不負責任到沒教導兒子公私分明的重要性。

詩奈看起來無法接受侍郎這個回應，卻也想不到如何反駁。她知道自己在魔法師社會無疑是「大小姐」，所以更不用說吧。由於無法反駁，對臉頰施加的壓力也無謂增強，但她覺得真的鼓起臉頰太幼稚了所以自制。

「——總之剛才謝謝你。送我到這裡就好。」

看來詩奈不以表情表達不滿，改為以語氣與動作表現自己心情不好。

她在即將走上四樓時這麼說，然後撇頭背對侍郎，就這麼故意將視線固定在前方，走向學生會室。

被詩奈留在原地的侍郎，站在階梯上嘆氣。

侍郎認為詩奈那種孩子氣的一面是惹人疼愛的氣質。詩奈只對家人與他露出這一面，他也開心覺得這證明詩奈對他卸下心防。

不過，現在的侍郎為此而不知所措。

詩奈沒對他下達任何指示就離開。換言之，他可以自由行動。不過對於侍郎來說，「自由」大多是不知道如何處理的燙手山芋。

沒接到命令就做不了任何事，和奴隸或機器人沒有兩樣。他也知道不能這樣。實際上，他也不是二十四小時一直按照命令行動。不只如此，加上侍郎直到前幾天還是國中生，所以除了破例接一些簡單工作之外，只有鍛鍊的時間會受到束縛。

即使如此，只要詩奈在看得見的地方，侍郎就不愁時間無處可用。侍郎身為詩奈的護衛該如何行動，一直都有一套既定的準則。詩奈的護衛就是他的立場——直到半年前。

之所以被宣判沒資格擔任護衛，是因為沒有天分。侍郎恨不了任何人。恨父母也無濟於事。到頭來要是出生在不同的環境，甚至沒機會認識詩奈，所以恨父母一點都不合理。

何況侍郎並沒有放棄。他自覺現階段實力不足，卻相信天分不等於能力。既然不夠強，就鍛鍊技術補足。他如此下定決心。

侍郎不知道具體該怎麼做。或許是少年愛鑽牛角尖的個性。但他即使立場被否定也沒有心灰意冷，光是這樣就很了不起吧。他的父母也是這麼想而准他就讀第一高中。

不過，這依然僅止於「有可能」。現在的侍郎甚至不被允許隨侍詩奈。本來想說既然這樣就在遠方守護，卻在昨天犯下嚴重過失。

接下來該怎麼做？侍郎就這麼理不出思緒，雙腿順勢爬上樓。甚至沒想過可以選擇先回家。陪伴詩奈上下學，是他僅存的少數特權。在詩奈放學前，他來到樓頂找地方打發時間。

第一高中的樓頂是空中庭園。冬季架設為溫室的階梯狀花壇，種植以藥草為主（因為可以防蟲）的各種花草，各花壇相隔一段距離設置長椅。

今天天氣晴朗無風，即使是剛進入四月的傍晚，樓頂依然暖和。不冷不熱，像是泡在溫水般舒服。

大概是這樣的天氣引來睡意吧。

一隻附血統證明書的貓，在屋頂長椅假寐。

美如畫的這幅光景，使得侍郎不禁停下腳步看得入神。

修長的肢體。

微翹的過肩淺色長髮。

即使閉著雙眼，半張臉埋在枕在頭部下方的手臂中，也看得出工整標緻的臉蛋。

這名女學生，真的就像是一隻附血統證明書的貓。

長得比詩奈成熟，大概是高年級。側躺時上方的肩膀沒有八枚花瓣或八枚齒輪的校徽——和侍郎自己一樣。

換句話說，是二科的學姊。

侍郎對學姊的睡相看得入迷，約十秒才回神。

首先想到的是「叫醒她比較好吧？」這個念頭。

季節剛進四月。雖然現在暖和，氣溫到了傍晚也會驟降，或許會起風。在樓頂睡覺可能會感冒。

不過，侍郎真的要叫醒她的時候，也開始質疑這個狀態是否會招致誤解。現在樓頂只有侍郎與學姊兩人。醒來的她可能誤以為侍郎是色狼。即使不會被當成色狼，也可能被當成偷看女學生熟睡為樂的變態。由於無法斷言百分百是誤解（雖然只有短短十秒，但侍郎確實看這位學姊看到入迷），要是遭受這種誤解，內心應該會受到重創。

侍郎正要踏出去的腳停住，反過來悄悄後退。判斷距離遠到不會被誤認是色狼之後，將固定在學姊身上的視線移開，轉頭看向通往校舍階梯平台的門。

「用不著逃走沒關係的。」

一個聲音從側邊叫住他。聲音來自他直到剛才注視的長椅。

如同抓準時機乘虛而入，使得侍郎身體僵硬。好不容易轉頭看去，高年級女生已經起身。

女學生不在意侍郎的可疑舉動，用力伸一個懶腰。這個動作也很像貓。不過，她放下舉高的雙手之後看向侍郎的雙眼目光強烈，令人聯想到的不是貓，而是豹或虎。

「我不會誤以為你是色狼。你是擔心我感冒要叫醒我吧？」

「呃，嗯，算是吧……」

剛挨冷箭又被說中心思，侍郎不只是舌頭，全身都像是生銹般卡住。

「嗯～……」

女學生看著他，像是通情達理般點頭。

侍郎非常不自在。睜開雙眼的學姊比他從睡臉想像的還要美麗。充滿活力，洋溢青春魅力。光是這樣的美少女定睛注視就令他不知如何反應，但這名少女不只是可愛，還具備將他看透到骨子裡的眼力。

不是看透到心底，而是一眼看穿這邊力與技的水準、習慣、優缺點，這種高手的眼力不像是少女所擁有——

（這個人，難道是……）

侍郎想到這裡，腦海掠過某個名字。

「請問！」

「嗯，什麼事？」

「如果認錯的話對不起！學姊，請問您的大名是不是千葉艾莉卡？」

聽到侍郎這個問題，艾莉卡微微睜大雙眼，接著愉快瞇細。

「喔……你認識我啊。所以，你叫什麼名字？」

「恕我失禮！」

侍郎下意識地端正姿勢。並非因為對方是高年級。不是腦袋，而是身體命令他要盡到禮數。

「我是一年G班的矢車侍郎！」

「一年級的矢車啊。如你所說，我是三年F班的千葉艾莉卡。既然認識我，那麼你有在練劍術？不過就我看來，你比較擅長使用刀子這種比較短的武器。」

聽到艾莉卡的指摘，侍郎不是提高警覺，而是佩服。真的只看一眼就看出對方的造詣，可見艾莉卡的實力肯定勝過他師事的格鬥術教官。

只不過，對於知道艾莉卡大名的侍郎來說，這種事如今沒什麼好稀奇的。

「學姊慧眼獨具，小的有眼不識泰山。在下愛好以折疊刀或短釵為武器的護身術。」

聽到侍郎拘謹的回應，艾莉卡不自在地搔了搔腦袋。

「有夠古板的……聽你用這種古板的說法，反倒是我肩膀僵硬起來了。」

「是，那個……對不起。」

「跟我說話不用這麼死板。不必硬是自稱『在下』，用『我』就好。你平常都這麼說吧？」

「連這種事都知道嗎……」

這是侍郎太看得起艾莉卡了。「平常」什麼的是艾莉卡在瞎猜。但艾莉卡沒有刻意訂正侍郎的這個認定。

「而且，你說自己的本事是護身術……不過看起來不像。雖說是護身，卻是護別人的身，用來成為主人護盾的暗器術。對吧？」

與其說是嫌麻煩懶得訂正，應該說這個問題才是重點。

「連這種事都知道嗎……？」

侍郎以不同語氣說出相同的話語。前一句單純表示驚訝，但這次這一句伴隨著「難以置信」的驚愕。

反觀嚇破侍郎膽子的艾莉卡，聽到他的回應瞬間板起臉，卻立刻裝出無所謂的表情。

「哎，因為我家也教過我類似的技術。」

侍郎聽到這句話就雙眼發亮。而且光芒強烈到適合形容為「點燃火焰」。

「千葉學姊。突然提出這個要求應該很厚臉皮，但是方便請您撥空指導嗎？」

艾莉卡從侍郎雙眼看出強勁的渴望，更正，是對「強勁」的渴望，上半身離開椅背。

光是這樣，背脊就挺得筆直，醞釀出器宇軒昂的氣息。

這個驟變令侍郎瞠目結舌。

「想要我教你什麼?」

中冷箭打結的舌頭早已解開。妨礙侍郎發出聲音的是緊張造成的口渴。侍郎嚥下一口口水,好不容易滋潤乾渴的喉嚨,擠出力氣回答艾莉卡的問題。

「——變強的方法。」

「為什麼想變強?」

喉嚨愈來愈渴。侍郎再度以口水灌入差點乾咳的喉嚨,硬是擠出沙啞的聲音。

「因為,我想親手保護那個傢伙。」

「『親手』嗎……」

艾莉卡閉上雙眼,露出調侃的笑容。

「不錯嘛,很老實。」

睜開雙眼的她,朝侍郎咧嘴露出愉快的笑容。

「好啊。我奉陪。」

艾莉卡使勁從長椅起身,走向樓頂出入口。

「跟我來。」

侍郎因為艾莉卡這個唐突的行動而不知所措時,艾莉卡轉頭看向他這麼說。

◇◇◇

艾莉卡造訪的場所是通稱「鬥技場」的第二小體育館。地面是木質地板，劍術社與劍道社正在聯合練習。

「我找找……有了有了，相津同學！」

艾莉卡尋找的學生，正在牆邊一角監視全體狀況。艾莉卡行禮之後走上木質地板，為了避免妨礙，沿著牆邊走向那名男學生。侍郎同樣行禮之後，客氣地跟在艾莉卡背後。

「千葉同學。」

劍術社社長相津郁夫只將臉朝向艾莉卡以眼神致意，接著立刻回頭監視練習。

「可以打擾一段時間嗎？我想借用練習場的角落。」

「我不在意，不過可以的話能不能加入我們社團？要是非社員害社員受傷，執行部或風紀委員會很囉唆的。我差不多快懶得掩飾了。」

「明明不用掩飾也沒關係啊？」

「妳可能沒關係，但我們也有面子要顧……」

「這件事改天再聊。何況我今天帶新社員給你喔。」

話題擅自進展，侍郎發出「咦？」的聲音。

「……但他本人好像沒接受喔。」

「呃，不……」

相津社長眼神看過來，侍郎陷入輕微的狼狽狀態。

「矢車，你有其他想加入的社團嗎？」

此時艾莉卡以這句話用力推了一把。

「沒有，可是，我有家裡的工作……」

這不是藉口。雖然護衛詩奈的職責被拔除，但他身為三矢家的手下，可能會接一些不方便大聲講的工作。

「這部分沒問題。記得你說你叫作矢車。是新生吧？」

「啊，是的。」

「本劍術社也有很多人和你一樣幫家裡做事。只要好好提出申請，就算請假沒來社團，我也不會囉唆什麼。」

但是既然社長這麼說，侍郎不禁感覺非得加入。

「總之，我不會要你立刻決定或是一定要加入。反正千葉同學應該是完全沒說明就拉你過來吧？你就好好考慮再決定吧。」

「……謝謝學長。」

不過，看來沒有強迫。劍術社的社長是明理人，使得侍郎鬆了口氣。

「相津同學，天真！你太天真了！」

此時，傳來一個再度煽動侍郎不安的聲音。說話的人在他身後。當然不是艾莉卡，而且距離很近。

得知有人神不知鬼不覺站在自己身後，侍郎慌張轉身。位於他身後的是身穿劍道服的嬌小少女。她看到侍郎慌張的模樣，一副「嗯？」的感覺歪過腦袋。完全感受不到惡意或敵意。或許因為這樣才沒察覺吧，但侍郎斷定這是因為自己太鬆懈而咬緊牙關。

這名女學生以疑惑眼神看向突然洋溢緊張感的侍郎，但她立刻看向相津社長。

「相津同學，居然眼睜睜放掉難得的新社員，你身為社長的自覺不夠喔！」

女學生如此質詢相津。她的語氣與其說是做作，應該說以高中生標準有點稚嫩。

「齋藤，就算這麼說，也不能強人所難吧？」

女學生──劍術社副社長兼女子社社長齋藤彌生，輕輕晃動豎起食指的右手，看起來一副「你一點都不懂」的樣子。

「嘖，嘖，嘖，相津同學你一點都不懂耶。」

不對，不是「看起來」，是真的說出口。而且還附帶音效。

「唔哇，好煩……」

「艾莉卡！不准說我煩！」

艾莉卡這句話肯定代為說出周圍社員的心聲，齋藤回嘴之後，立刻將眼神移回相津那裡。

「相津同學，這時候不應該強迫，而是拜託！讓他覺得學長熱情招生而不好意思，然後乘虛而入！」

「慢著，這樣他會覺得不好意思嗎……？」

「會！」

對於相津的疑問，彌生大聲如此斷言，整個人轉身面向侍郎。

彌生驟然接近侍郎。

牆壁成為阻礙，侍郎無法後退。

「所以新來的學弟！你叫作……」

「矢車學弟。」

相津輕聲扮演提詞的角色。

「ＯＫ，矢車學弟！」

彌生牽起侍郎。

彌生雙手像是包覆般抓住侍郎右手，他不知為何沒閃躲。大概是跟不上事態進展吧。

反觀彌生抓著侍郎的手，「喔？」地開心睜大雙眼。

「矢車學弟，你『底子』不錯耶？那就務必要讓你加入劍術社了！」

彌生頻頻主動出擊，老實說，侍郎應付不來。對方如果是敵人，就可以靠蠻力掙脫束縛逃走。但彌生雖然是高年級卻是女生，而且沒有惡意，所以侍郎不敢來硬的。

「招生必須從後天開始吧？要遵守規則才行。」

艾莉卡介入兩人之間。彌生抓著侍郎右手的雙手，被艾莉卡單手往下壓。光是這樣，彌生與侍郎的手就輕易分開。

侍郎不清楚發生了什麼事。但彌生看起來沒對剛才的招式感到詫異。

「艾莉卡，聽妳說要遵守規則，我有點火大。」

「好了好了。我接下來要訓練矢車，要抱怨或招生都可以晚點再說嗎？」

彌生以孩子般的眼神瞪過來，艾莉卡以隨便的態度打發。

「居然說訓練，妳不是網球社嗎？而且既然有空陪一年級玩耍，不如跟我一決勝負啦！」

「已經獲得相津社長的許可喔。」

彌生狠狠瞪了相津一眼，但相津以「哪裡不行了？」的眼神回應。確實，現在把艾莉卡隨意出入劍術社與劍道社當成問題也太晚了。

「而且，這可不是玩耍。」

劍術社社長與副社長以眼神對話時，艾莉卡以平淡的語氣介入。

這個聲音，使得侍郎感受到全身發抖的寒氣。

彌生一臉正經注視艾莉卡，相津為難般蹙眉。

「千葉同學，拜託不要鬧到進醫院……」

「上救護車的或許是我喔。」

不只是相津與彌生，偷聽他們對話的社員們，目光也一齊集中在侍郎身上。雖然不知道是什麼狀況，但侍郎覺得一定要堅定拒絕，連忙搖頭。

「矢車，你在做什麼？快準備吧。」

這段期間，艾莉卡脫下襪子，光著腳移動到角落比較空的位置。她手上握著剛才掛在牆壁的竹劍。

侍郎連忙拿起自己看上的竹劍。長度是一般竹劍的一半。這樣對他來說還是太長，但即使對手是艾莉卡，也不能在這種地方拿出真刀。

「矢車，不用脫掉上衣嗎？」

艾莉卡在侍郎拿著竹劍站到她正前方時這麼問。

「我的戰鬥型態是脫掉上衣就沒戲唱的那種……我才想問千葉學姊，裙子就這樣不換掉沒關係嗎？」

侍郎的回答不是心理戰，是真心這麼問。第一高中……應該說魔法科高中的女生制服裙子貼

著膝蓋，不太稱得上易於行動。

不過，這句話是他多管閒事。

「喔……居然擔心我，挺從容的嘛。」

像是自言自語的這句話，在「嘛」的聲音還在時，艾莉卡就消失了。

不，侍郎的「眼睛」捕捉到她的身影。是因為沒看出預備動作，所以「意識」沒追上。

「在這裡。」

左側傳來艾莉卡的聲音。

侍郎連忙架起竹劍。

侍郎架起的竹劍遭受強烈的衝擊。

他連忙固定自己的關節，試著就這樣反彈這股力道。

「這是敗筆。」

但在下一瞬間，侍郎感覺背部痛如燒灼，往前倒下。

「以技術來說很高超，但這是你的戰法嗎？」

侍郎忍痛轉身。

艾莉卡扛著竹劍俯視侍郎。

「這樣就結束了？」

「還早得很……！」

背部的疼痛早早就開始減輕。侍郎認為應該是艾莉卡的攻擊僅止於皮肉痛不會受傷。他在三矢家的訓練所也有類似的經驗。

如果這是正式的戰鬥，自己挨了剛才那招至少會失去所有戰力，而且很可能喪命。

不過……侍郎心想。

——此時此地，我的武器是竹劍，對方的武器也是竹劍。

——「如果是正式戰鬥」這種假設沒有意義。

——我還能戰鬥。只要有這個事實就夠了！

侍郎沒有筆直站起來，而是從跪伏的姿勢直接撲向艾莉卡。

「跳躍？」

「不對！」

不知何時圍成的看熱鬧人牆響起這樣的聲音。若要補充就是：「跳躍魔法嗎？」「不對，沒有魔法發動的跡象！」而且這兩人不是在問答，是幾乎同時開口。這種偶然形成的對話之所以成立，是因為兩人心中冒出相同的問題與回答。他們劍術社社員們的眼睛，都足以分析剛才「沒有使用魔法」。

正如高年級所看穿的，侍郎使用異於魔法的身體能力強化術跳向艾莉卡。不是從上方襲擊，是幾乎和地板水平往前跳，從壓低的姿勢攻擊腿部。

偷襲劍術與古流劍術都很少遭受攻擊的部位。

不過，艾莉卡很乾脆地打下這一招。正如字面所說「打下」。

侍郎連同短竹劍一起重摔在地。艾莉卡這一劍的威力，強到令人質疑她嬌細的軀體哪裡藏著此等力氣。艾莉卡的竹劍沒打中侍郎身體，她只是張開身體離開跳躍軌道，瞄準她軀體的短竹劍被她從上方敲下。

光是這一敲，衝擊力道不只傳到手臂，還擴散到侍郎胸口。撲倒在地上的侍郎沒放開竹劍只不過是逞強使然。總之沒有直接挨打受創。侍郎立刻想起身繼續戰鬥。

但在他抬頭的下一秒，竹劍杵在他身旁。敲響地板的聲音不大，但是意義很明顯。

「……甘拜下風。」

侍郎中斷正要起身的動作，就這麼面向地板宣告自己敗北。

艾莉卡收起竹劍。

侍郎起身，向艾莉卡行禮。

「使用身體的技術挺不錯的。」

艾莉卡的聲音從他上方傳來。

「但這不叫作戰法。」

侍郎抬頭和艾莉卡視線相對。

這句話很嚴厲。但侍郎內心沒有拒絕或反抗。畢竟是他向人討教，也知道比自己強的對手提供建議的機會很寶貴。因為如果是正式對決，對抗比自己強的對手時，無法保證能夠保住小命。

「矢車，這是訓練。你這傢伙連這一點都不懂。」

艾莉卡叫侍郎的語氣變得粗魯。侍郎覺得這樣比較貼切。

「總是抱持正式戰鬥的心態確實很重要。但是必須區別可以輸以及絕對不能輸的時候。」

「……我剛才急著求勝嗎？」

「你急著分出勝負。」

侍郎沒有遲鈍到聽不懂這番話。剛才的偷襲是不管三七二十一的決定。是面對實力優於自己的對手，以自己性命為籌碼求取活路的攻擊。聽艾莉卡這麼說就發現，這種招式不應該用在愈輸愈強的武術訓練。

「假設這是正式對決，剛才的攻擊也不及格。完全沒活用自己的身體能力。」

「……不好意思。」

「不用對我道歉就是了。」

話是這麼說，但侍郎不禁覺得非得謝罪。

重新來過吧。侍郎如此心想。老實說，剛才的對打幾乎沒有收穫，只有被迫認知自己技不如人。不過都已經丟臉丟到那種程度，他可沒厚臉皮到再度拜託艾莉卡傳授「變強的方法」。

「不過，以素材來說挺有趣的。」

「咦？」

侍郎正要低頭告辭時，艾莉卡搶先這麼說。他無法理解這句話的意思。

「矢車，你隱藏某種能力對吧？如果這張底牌夠好……嗯，你或許能變強。」

侍郎差點脫口說出「沒那回事」這句否定的話語。侍郎確實擁有普通魔法師無法使用的某種技術。但這真的只有粗糙的威力，只能用在偷襲或暗殺，無法成為他需要的保護之力。所以他放棄這個能力，磨練體術至今。

「你想變強吧？」

不過，他無法抗拒艾莉卡準確射穿內心要害的這句話。「我不適合」這種逞強的態度，被甜美誘人的這句話溶解消失。

「相津同學，可以幫忙訓練矢車嗎？我也會經常過來看看。」

「如果他加入社團，我身為部長當然會照顧他……不過真稀奇，妳居然會照顧別人。」

「應該是心血來潮……不對，是心態稍微變化吧。我想讓某人大吃一驚。」

「這個某人也真是可憐啊。」

為什麼鍛鍊新生可以讓不知名的某人大吃一驚？相津無法理解，但他先以「因為她是艾莉卡」這種說法讓自己接受。

「矢車學弟。」

然後，他同情地看向跟不上話題的侍郎搭話。

「本校的新社員招生期間，是後天開始的一星期。不過自願參加社團的人不適用這個規定。如果你想加入劍術社，即使從今天開始也很歡迎。」

「請讓我……和家人商量一下。」

侍郎以這個藉口避免當場答覆。直到在樓頂遇見艾莉卡，他都沒料到會變成這樣。在找人商量之前，他更想要一些自行思考的時間。

「那麼，今天就暫定入社吧。」

不過，艾莉卡無視於侍郎的迷惘。

「讓相津同學磨練你一下吧。現在的你與其和我練習，和他練習的收穫應該比較多。」

而且既然艾莉卡這麼說，侍郎就無法反抗。

「那麼，我先走了。」

「喂，艾莉卡，站住！和我的對決呢？」

「下次吧。」

艾莉卡已經背對彌生了。

「妳說『下次』是吧？好，一定要喔！」

艾莉卡頭也不回輕輕揮手，離開小體育館。

雖然艾莉卡沒什麼自覺，但她在一高是數二數三的美少女——之所以不是「數一數二」，是因為某人異於常人。

她的動向當然受到注目（主要是男學生）。艾莉卡「預訂」新入學男生的傳聞，在放學時間傳遍第一高中。

「哥哥，艾莉卡的事，您聽說了嗎？」

在司波家晚上的餐桌，這件事也成為話題。

「嗯。是說艾莉卡在第二小體育館訓練矢車學弟的事吧？劍術社社長相津已經繳交聲明書，表示這不是招生了。」

「已經繳交了？真像他一絲不苟的作風。」

相津郁夫擅長的魔法不夠泛用，所以沒獲選為九校戰選手，但在劍術方面是經常在大賽名列前茅的知名選手。艾莉卡當然認識他，達也也透過艾莉卡成為見面會閒聊的交情。

「是啊。如果副社長多幫一點忙，那傢伙也會比較輕鬆吧……」

達也同情低語，深雪聽完輕聲一笑。身為學生會幹部的兩人也認識齋藤彌生。她雖然和達也與深雪沒什麼交集，卻是常到自治委員會報到的問題兒童。幸好沒惡劣違反校規到成為風紀委員會的取締對象，所以還有救。

「話說回來，真難得看到艾莉卡關心特定對象。」

確實是這樣，但達也認為應該不是情感上的中意。

「或許是感覺到他具備某些特殊天分。」

「特殊天分嗎……哥哥，您怎麼看？」

昨天是達也逮到侍郎違規使用魔法。深雪認為他如果擁有傑出的天分，達也肯定在當時就察覺。只要知道達也「眼」的祕密，會這麼認為也沒什麼好奇怪的。

「確實訓練有素，但他除了是念動力者，我『看』不出有什麼特別的天分。」

「矢車學弟是念動力者？」

「嗯。魔法演算領域有一部分被直接操控型的移動系魔法占據。那樣的話要使用其他魔法應該很辛苦吧。同樣背負相同缺陷的我忍不住同情。」

「……是一部分被占據吧？」

「就我看來是這樣。」

「……相較於所有領域被占據的哥哥，並不會很辛苦喔。」

雖然深雪這麼說，但即使是一部分，能力受限的不自由度依然沒變。

「也對。」

不過，為了安慰投以關心眼神的深雪，達也點頭沒多說什麼。

「那麼，千葉學姊究竟在矢車學弟身上看出什麼？」

水波難得介入兩人的對話，肯定也是要讓深雪的注意力從達也的缺陷移開。

「若能巧妙搭配體術，念動力會成為利器。因為等於近戰肉搏的時候多一條無形的手臂。」

深雪似乎有聽沒有懂，不過在四葉本家的格鬥戰訓練苦過來的水波，聽到「多一條手臂」就大幅點頭。

「我不知道艾莉卡是否明確發現到矢車學弟的念動力。但以她的能耐肯定憑第六感察覺了。大概是覺得矢車學弟有某種潛力，所以想鍛鍊看看吧。」

這次深雪也確實點頭。她也覺得「憑第六感」很像艾莉卡會做的事。

如同等待他們的對話告一段落，鈴聲在這時候響起。不是告知客人來訪，也不是通知有電話或電子郵件，是通知物品送達的鈴聲。

「我去看看。」

深雪還沒制止，水波就站了起來。達也與深雪兩人不經意停止用餐，等待水波回來。

「……是信。分別寄給達也大人與深雪大人。」

電子網路進步之後，傳統信件將會被驅逐。許多學者如此預測，但是到目前為止都猜錯了。由於物流網路發達的程度等同甚至更勝於電子網路，如果是國內郵件，已經建立起二十四小時就能寄達的體制，加上高度自動化，人事費用也沒有以前高，在速度與成本兩方面都維持十足實用的水準。

傳統郵件依然是存活到現在的服務，主要是基於禮儀的層面。

「寄件人是誰？」

聽到達也這麼問，水波將手上的信封翻面。她至今都禮貌地只看過信上的收件人。

「是十文字大人。」

「十文字學長寄的……？」

深雪疑惑地問。水波在這個聲音的誘導之下，要將信封交給深雪，不過深雪以眼神制止。這是要她交給達也的意思。

水波絲毫沒露出不滿態度，將信封與拆信刀交給達也。

現在還在用餐，達也略微猶豫是否應該在這裡拆信。但深雪與水波似乎想趕快知道內容，所以達也將拆信刀滑入封口。

「想邀請我或深雪參加反魔法主義運動對策的會議。」

內文不長。達也快速看完，將內容整理成這句話。

「反魔法主義運動對策的會議，由我們參加？不是姨母大人？」

深雪提出的疑問堪稱理所當然吧。

「好像是集結二十八家年輕世代的會議。將來對象會擴展到含數家系以外，看來想成立類似日本魔法協會青年部門的組織。」

「……十文字學長這麼說嗎？不，我知道這樣很沒禮貌，但是預謀這種事不像是『那位』十文字學長的作風……」

達也之所以露出苦笑，是因為深雪使用「預謀」這個詞很奇怪。看來她也被陰謀與謀略的世界荼毒得很深。

「不一定是在打什麼鬼主意。或許純粹是想打造一個交換意見的平台。」

「預謀」這個詞通常用在偏負面的謀略。被達也兜圈子消遣，深雪難為情地臉紅。

「說得也是……學長或許想為次世代棟樑的魔法師們建立社群……」

「雖然這麼說，但這次應該不是十文字學長預謀的吧。」

「討厭啦……」

哥哥真是的……深雪本來想發揮嬌羞功力盡情撒嬌，舌頭卻突然靜止。達也這句話的意義慢半拍滲入意識。

「……意思是說，這不是十文字學長會想到的點子？」

「深雪，你說得沒錯。這次的提議不像學長的作風。」

達也用字很溫和，但語氣抱持確信。

「那麼，是誰……」

「很像是七草家會想的點子，但如果出自弘一先生，我覺得沒什麼創意。」

大概因為對方不在面前吧，達也毫不客氣批評和自己父親同年代的七草家當家。

「總之，這終究是我擅自想像。明明沒辦法對答案，想這麼多也沒用。」

達也將信件——邀請函遞給深雪。這是「要看嗎？」的意思。

深雪輕輕搖頭。

「所以哥哥，您意下如何？」

不管信裡寫了什麼，到頭來對於深雪來說，唯獨「達也要怎麼做」才有意義。

「我出席吧。」

達也的回應毫無迷惘。

「您一個人嗎？」

「妳最好別參加。」

達也沒說明理由。

「知道了。」

深雪也沒要求說明。

反倒是水波一臉想聽說明的表情。

「會議是下週日的九點開始，地點在橫濱的關東魔法協會關東分部。深雪，當天妳待在家裡吧，水波保護深雪。拜託了。」

「遵命。」

即使如此，也沒對達也的「命令」提出異議。深雪與水波異口同聲答應了。

◇◇◇

不用說，收到克人邀請函的不只是司波家。既然是寄送信封這種實體物品，寄達的速度當然有快有慢，但是東京的三矢家幾乎和達也同時收到克人的信。

只不過，上面有六個哥哥與姊姊的詩奈，和這種事沒什麼關係。二十八家的正式交流場合幾乎不會派詩奈參加。這次忙著應對的也是大姊與三名哥哥，詩奈甚至沒能加入討論圈。

在兄弟姊妹之間，唯獨詩奈的年齡小很多。年齡最相近的三胞胎哥哥與姊姊也大她八歲。她已經習慣在這種時候被當成小孩子。這次閒著沒事的不只是她，所以被排擠的感覺不明顯。

詩奈吃完晚餐，在臥室暫時享受自由時間（也可以說在發懶）之後，冒出練習魔法的念頭。

三矢家宅邸和依然運作中的第三研地理距離有點遠。雖然這麼說，開車也大概十分鐘就到，但時間已經晚了，所以詩奈沒去第三研，而是去宅邸的練習場。

三矢家和三日月家一起管理依然運作中的第三研——魔法師開發第三研究所，宅邸裡也具備最新型的魔法訓練設備。雖然沒有實驗設備，但訓練器材的充實度不下魔法科高中。

無須強調，宅邸裡的訓練場只有住在宅邸的人能使用，而且是三矢家的成員優先。幫傭大多有所顧慮而專程前往第三研訓練。這個結果導致訓練場沒人使用的時間挺多的。看著空無一人的場內，詩奈經常覺得這麼氣派的設備閒置太可惜了，但今天有人先到。

侍郎在格鬥技用的墊子上打滾。

「……侍郎，你在做什麼？」

詩奈的聲音，使得從墊子起身的侍郎停止動作。

「看了……就懂……吧？」

但他只朝詩奈的臉一瞥，就立刻繼續進行（對詩奈來說）無法理解的運動。

踩著墊子往上跳，背部朝下摔落。

立刻起身，這次改成在半空中前翻一圈半，腹部朝下摔落。

每次摔落都發出呻吟，所以肯定會痛。

「……我完全看不懂。」

詩奈立刻舉白旗。她跟不上青梅竹馬的奇特行徑，放棄思考。

侍郎從墊子起身，伸直雙腿坐著，仰望詩奈的臉。

「我在練習被摔。妳也有練合氣道，所以肯定知道吧？」

「就算你提這種小學時代的事……」

詩奈學習合氣道的資歷，只到不用摀住耳朵也勉強能忍受的十歲左右。頭戴耳罩的狀態無法學習格鬥技。

「而且侍郎，你根本沒做防護動作吧？」

即使完全沒經驗，詩奈一直看著哥哥或侍郎鍛鍊的樣子至今，所以好歹明白這一點。

侍郎沒否定詩奈的指摘。

「因為不一定每次都有機會做防護動作。我在不用擔心受傷的墊子上，研究被摔也盡量減少傷害的方法。」

「為什麼突然練起這種東西？」

詩奈傻眼詢問，侍郎忽然露出不甘心的表情。

「今天，我接受劍術社相津社長的訓練……」

雖然侍郎一副不甘心的樣子，詩奈卻覺得他不知為何挺愉快的。

「我被摔得落花流水，根本無法反擊。在室外比起被人拳打腳踢，被摔造成的傷害比較大。教官至今也一直百般叮嚀，但我今天重新實際體認到這一點了。」

「是劍術對吧……？」

詩奈以詫異的聲音低語。「明明是劍術社卻被摔？」她對此抱持疑問。侍郎也理解一般來說都會這麼想，所以回答時毫無困惑。

「使用劍的戰鬥術之中，居合術包含較多源自柔術的招式，適合有底子的人學習。紀州德川藩的流派之一「關口新心流」就是綜合了柔術、劍術與居合術的流派，從這一點來看，劍術社的社員使用摔技也不奇怪。尤其相津社長似乎擅長居合術。」

侍郎熱心解說是為了詩奈，不過說來遺憾，詩奈興趣缺缺。老實說，她只需要「劍術社的社員使用摔技也不奇怪」這句結論就夠了。

詩奈一邊聽侍郎說明，腦中一邊在想別的事。

「侍郎。」

侍郎說明完畢時，詩奈像是有問題想問，叫他的名字。

「詩奈，怎麼了？」

但是最重要的問題遲遲說不出口。侍郎自然以疑惑視線看向忸忸怩怩的詩奈。

「是難以啟齒的事嗎？在我面前不用客氣啊？」

在侍郎的鼓勵之下，詩奈以下定決心的表情開口。

「聽說你搭訕千葉學姊，到小體育館約會，這是真的嗎？」

「……啊？」

對於侍郎來說，或許該慶幸自己直接坐在地上。如果坐在椅子上可能會滑落。

「不不不，慢著慢著！這謠言妳從哪裡聽來的？妳今天放學後不是一直待在學生會室嗎？」

「嗯……」

詩奈點了點頭。

「是香澄學姊與泉美學姊在聊這件事。」

她很乾脆地招出元凶。

「那兩個惡劣的小惡魔……」

侍郎也透過詩奈認識七草家的雙胞胎。他內心浮現兩人如出一轍的臉上所露出一模一樣的笑容，不禁抱頭。

「侍郎，不可以這樣講泉美學姊她們。她們好歹是學姊耶？」

其實侍郎很想大喊：「詩奈，妳被那兩人騙了！」但他不可能說得出這種話。和親生哥哥與姊姊年齡差很多的詩奈，將只差一歲的香澄與泉美當成姊姊仰慕。侍郎很清楚這一點。

「……總之，那是胡謅的。」

相對的，侍郎讓呼吸平靜下來，只說出無論如何都要訂正的事情。

不過很遺憾，這不是詩奈能接受的回答。

「可是，你們在第二小體育館進行訓練吧？」

「……那不是『訓練』，是過招。我剛才也說過，訓練我的是社長相津學長。」

辯解的侍郎從詩奈身上移開視線。這個態度就像是請人懷疑他。這麼一來再怎麼告知真相也不會產生說服力吧。

「你和千葉學姊在一起是事實吧？」

「……沒錯。」

「我聽說你們也是一起去小體育館。」

「……這也是事實。不過絕對不是約會！」

大概是察覺移開目光是很笨的做法，侍郎看向詩奈四目相對，以堅定語氣否定惡質謠言。

詩奈露出寂寞又感覺有點逞強的笑容。

「那個，別誤會。我不是反對你和千葉學姊交往。雖然覺得太突然了，不過只要按部就班，我認為只差兩歲不是太大的問題……」

「就～說～了～誤會的是妳啦……」

侍郎躺在墊子上，陷入很想生悶氣睡覺的脫力感。

然而要是在這裡放棄解釋，將會造成無法挽回的後果。雖然沒自覺「無法挽回的後果」究竟是什麼，但他靠著這個想法好不容易撐住。

侍郎擠出力氣，注視詩奈的雙眼。

接著，這次輪到詩奈眼神開始游移不定。

「……那麼，為什麼和千葉學姊去小體育館？侍郎，你之前和千葉學姊完全沒交集吧？」

不過，這個反問使得侍郎不禁慌了。

「因為……在屋頂，碰巧遇到……」

「只是碰巧遇到，學姊就邀你去練武？」

「不，這是……」

這是少年正在對戀人解釋自己為何花心的光景。不只是侍郎，詩奈也沒察覺現在變成這樣。

「總覺得和我聽到的千葉學姊形象不一樣。」

艾莉卡自己不知道──應該說不在意，不過發生橫濱事變之後，「千葉艾莉卡」這個名字也傳到千葉家以外的地方。艾莉卡手握巨刀擊潰機械化部隊的英勇事蹟，和「千葉家之女」這張招牌相輔相成，知道事變細節的國防與治安領域幹部們大為讚賞。

不過在千葉家，包含當家丈一郎在內，並沒有積極要打響艾莉卡的名號，反倒看得到他們想隱瞞艾莉卡這個人的跡象。為此，現狀也有很多人半打趣地謠傳艾莉卡是「千葉家的祕密兵器」

或「千葉家的幻劍姬」等等。

「知道橫濱事變細節的人」也包括十師族。寵么女（或許天下的父親都是如此）的三矢元，在女兒就讀第一高中之前，也告知艾莉卡的事當成預備知識之一。當時也讓侍郎一起聽這件事，肯定是期待侍郎輔助看起來不可靠的詩奈。不過實際上，詩奈反而比較常為侍郎善後就是了。

詩奈的情報來源並非都是父親。不只是香澄與泉美，也有機會聽真由美提及。詩奈是妹妹們的朋友，所以真由美也很疼她。

不只是十師族，百家之中也有密切交流的對象。雖然不到社交界那種排場，不過詩奈透過含數家系女生們的聊天網路收集的資訊，比她從父親那裡聽到的還多。

就詩奈所知，艾莉卡為人不會主動向學弟妹伸出援手。卻是假裝冷漠，實際拜託到最後就不會拒絕的類型。

「……是我拜託的。」

侍郎回答之後，詩奈投以「果然……」的冰冷視線。

「但這不是搭訕！純粹是相信她實力高強，才會拜託她指導我！」

「不過，千葉學姊很漂亮吧？」

「慢著，確實是這樣吧！不過這是兩回事！」

「是喔……」

侍郎露出相當拚命的表情繼續解釋，但詩奈的視線依然冰冷。

◇◇◇

儘管升上三年級，達也每天早上也盡可能前往八雲的寺廟。剛上高中時屢戰屢敗的對打，如今勝率達到五成。

就算這麼說，達也也不認為自己的實力追上八雲。達也與八雲的專長本來就不同，不過像是情報收集、潛入破壞或對人戰鬥這種在「日常」派得上用場的領域，達也自覺實力遠遠比不上八雲。

即使比較一對一戰鬥的優劣，也只有在看著彼此的狀態下由裁判喊「預備，開始」開打，達也才和八雲平分秋色。如果要殺個你死我活，達也「最終」應該會獲勝，但在過程中應該會失去許多東西吧。只殺害對手的勝利沒有意義。

雖說如此，達也之所以去找八雲，並不是期待八雲傳授什麼能剝奪這種戰鬥意義的技術。達也不是八雲的徒弟，是練武對手。只是因為至今達也比較弱才接受八雲鍛鍊，在「過招」實力相近的現在，才終於堪稱是對彼此有益的練習對象。

今天早上最後的對打以敗北作結，達也問候之後準備返家。

「啊，達也，等一下。」

八雲叫住正要離開的他。

「請問有什麼事？」

達也如此回答的下一秒，感覺到周圍空氣變化了。不是氣氛變化的意思。產生一道聲音無法穿過的空氣牆，籠罩達也與八雲。

（隔音結界……和我知道的術式不同。）

達也忍不住想分析魔法式，但還是自重改為專心聽八雲說話。

「你收到十文字家的邀請函吧？誰要出席？」

「您已經知道了嗎……」

達也是在昨晚收到邀請函，至今連半天都不到。只不過他知道八雲收集情報的能力多麼高明所以沒嚇到，只是傻眼而已。

「因為我是忍者。」

八雲洋洋得意的招牌台詞完全沒說明到什麼，但達也沒多費力氣進行明知浪費時間的問答。

「本家還沒許可所以不確定，但我打算一個人出席。」

「說得也是。這樣比較好。」

八雲聽完達也的回答，不知為何滿意點頭。

「有什麼詭異的動靜嗎？」

「會造成『直接』危害的企圖，目前看起來沒有。」

八雲似乎已經掌握某些線索。

「意思是有人企圖間接攻擊嗎？」

達也知道八雲不會告知正確答案，但還是先試著套話。

「應該沒有攻擊的意思吧。」

「這樣啊。」

達也感覺隱約知道八雲想說什麼，卻在此時中斷這個沒有根據的揣測。這是在提防自己植入錯誤主觀概念的風險。

「如果會發生危險的事情，大概是在會議結束之後吧。」

「知道了。我會要求提高警覺。」

如果是衝著達也本身而來，無論何種敵人襲擊都不必害怕。達也這時候心想，或許需要從本家求援，強化深雪的保護網。

「達也，最好別想得太天真喔。社會這個怪物沒有利牙或利爪，卻可以輕鬆咬死一個人。」

八雲突然警告這樣的他。

達也頓時感覺一桶冷水從頭頂潑下。

「……我會牢記在心。」

他就這麼不知道八雲的真意，半反射性地如此回應。

四葉真夜的一天沒有很早開始。多虧彈性工時與在家工作普及，白領階級也不用傻傻很早就起床，不過比起要去公司的上班族，真夜的早晨還是比較悠閒。

今天在稍晚的八點半起床，早餐是在起床的一小時後吃完。站在背後的葉山像是抓準時機，以恭敬語氣向真夜開口。

「夫人，達也大人寄影音郵件給您。」

「達也寄的？這麼一大早？」

真夜有點驚訝地詢問葉山。

葉山當然不會沒禮貌地指摘「絕對已經不算早了」。

「郵件是在昨晚夫人就寢之後寄達的。」

「所以不是很急的事情嗎？」

「是的。達也大人吩咐過，夫人隔天早上再看也沒關係。」

聽到這句回應，真夜反倒好奇起來。

「知道了。我在這裡看吧。」

「遵命。」

葉山朝房間角落待命的侍女們示意。

資深供餐員收走餐具，比較年輕的侍女在真夜正前方設置螢幕。

準備完畢，侍女們列隊向真夜鞠躬。

葉山見真夜點頭之後，指示所有人離開。

葉山親自為這個房間的所有門上鎖，按下開關拉下隔音牆。

然後，他將記憶卡安裝在單機型的播放機。裡面記錄的是解碼完畢的訊息。

影音郵件很簡潔，長度不到三分鐘。

真夜看完之後，輕輕發出「嘻嘻」的笑聲。

「居然連這種小事都要徵得我的許可，達也還真是意外可愛。」

真夜看向葉山尋求同意。

「屬下認為這是夫人所樂見的。」

「是啊。」

葉山這句話也可以視為諫言，但真夜很乾脆地點頭。

「不過，當我承認他是我的兒子，我就自認給他相當自由的權限。難道沒傳達給他嗎？」

真夜歪過腦袋略感納悶的模樣，看在任何人眼裡恐怕都是假惺惺。

「屬下愚昧，認為達也大人是堅守四葉家成員理應抱持的心態。」

「也可以這麼解釋。」

真夜以冷淡的語氣呢喃。葉山今天早上也沒配合她的玩笑話，似乎令她掃興。

「話說夫人，關於達也大人申請的那件事，您意下如何？」

「當然許可。畢竟我將達也『視為』我的兒子，已經給予相應的決定權了。」

真夜以這種理由，准許達也參加克人召開的會議。

「那麼，屬下會如此告知。」

「啊，還有，請幫我補充說明，今後這種程度的事情不需要徵得我的許可。」

「遵命。」

真夜像是要跟達也拉開距離的這句話，葉山恭敬鞠躬表示理解。

◇　◇　◇

十文字家當家的信寄到九島家的時間，是達也收到相同信件的隔天上午。出乎意料的邀請函驚動哥哥們，九島光宣像是看電視般心不在焉注視這一幕。

今天不是假日，原本光宣應該在學校。但他昨晚開始發燒，今天請病假。光宣是第二高中學生會副會長，為了入學典禮連日忙碌，累積太多疲勞而病倒。

身為學生會幹部，卻在新學期早早不得已缺席，光宣覺得丟臉。體弱多病不是任何人的錯，甚至不是自己的錯。光宣就理性明白這一點——不知道真相的他如此認定。他不知道自己為何天生不健康，所以不因為這件事恨任何人。無法恨任何人。

不過，由於責任無法轉嫁給別人，因此光宣責備自己。擁有的魔法力不負十師族之名，卻因為動不動就臥病在床的體質而無法發揮實力。光宣不禁認為，這比起天生魔法力辜負十師族之名還要惡質。

九島家從十師族除名，也令他的自虐變本加厲。九島家失去十師族地位和光宣無關，他完全沒有責任。但光宣有時候會不經意心想，如果自己以九島家繼承人的身分，在像是九校戰這種公眾舞台成功活躍，九島家或許不會從十師族脫落。他在自卑的同時，也下意識地瞧不起哥哥與姊姊。瞧不起魔法力明顯不如爺爺九島烈、表姊藤林響子以及他自己的哥哥、姊姊與父親。

他視為親姊姊仰慕的藤林響子，正在幫忙尋找治療他體質的方法，但是目前沒有進展。自己就這樣甚至無法參與可能攸關九島家未來的重要討論，甚至不被只擁有平凡魔法力的哥哥與姊姊理會，只能在無法見光的場所黯然消逝嗎……

不知何時，這種絕望侵蝕著光宣。

他連一句話都沒說，完全沒被徵詢意見，眾人似乎就決議由年齡最接近光宣的哥哥出席十文字家當家提案的會議。雖說年齡最接近光宣，但兩人也差了七歲。

這麼說來，哥哥們為什麼在這裡？光宣慢半拍冒出這個疑問。哥哥們肯定正在工作，兩個姊姊也已經出嫁還生了孩子，這個家應該只有他才對。

那麼，我在這裡做什麼？光宣心不在焉想到這裡，想起自己正在用餐。他身體稍微恢復，告知幫傭要在飯廳吃午餐，收到餐點準備好的通知走進飯廳一看，哥哥與姊姊齊聚餐桌。

哥哥與姊姊面前排列著精心製作，令人眼睛一亮的料理。相對的，放在光宣面前的是以大量補給品調味的病人餐——稀飯。原本分量也不多，所以光宣早就吃完了。他認為沒必要繼續待在飯廳而起身。

大概是椅子發出的聲音引起注意，年齡和光宣最相近的哥哥看向他。

「光宣，你要走了？」

這是他第二次對光宣說話。第一次是弟弟來到飯廳打招呼時的回應。

「身體怎麼樣？」

二姊今天第一次對光宣說話。

「還有點發燒，所以我想休息。」

光宣就這麼站著回應，暗示想要趕快回房。

「這樣啊，真可惜。如果你身體沒問題，我就想帶你一起去東京……」

不過這個暗示沒傳達給哥哥。光宣不得已留在原地。

「光宣，你認識四葉家的下任當家吧？如果你身體到時候康復，你就去敘個舊吧。」

「說得也是。可以的話，我會的。」

光宣說完微微低頭致意，走出飯廳。

他早就看透哥哥的如意算盤。失去十師族地位的九島家為了恢復原有勢力，大概想要拉攏四葉家吧。為此認為或許可以利用光宣。

但是不同於這種幼稚拙劣的企圖，懷念的感覺突然在光宣心中高漲。

他和四葉家兄妹（現在是未婚夫妻）見面是在去年秋天，半年前的事情。共度的時間只有短短幾天。實際上有些日子是分頭行動或是自己病倒，所以真正能斷言在一起的時間只有兩天。

不過，這兩天的記憶在光宣心中閃閃發亮。

帶他們到奈良，在春日山山麓遭遇成為外國人爪牙的魔法師而並肩作戰。

為了調查這名外國人魔法師——周公瑾的線索而走遍京都。

那兩天的時間，光宣得以維持自己身為魔法師應有的樣子。後來光宣和周公瑾本人對峙要阻止他逃走，但那只是單純的工作。畢竟不是什麼大不了的對手，對於光宣來說，完成這項工作是理所當然的。

如今，即使是不成材病倒在飯店接受水波照料的日子，雖然有點難為情卻也是美好的回憶。達也與深雪擁有水波這樣的「朋友」，光宣老實說很羨慕。

前往東京，和達也、深雪以及水波重逢。即使沒將哥哥的無聊企圖納入考量，這也是迷人的提議吧？光宣開始這麼認為。

將輝是從學校返家之後，才得知邀請函的事。

「打擾了。」

將輝回家第一件事，就是來到父親休養的房間。

一条家當家一条剛毅，在前天的戰鬥陷入原因不明的衰弱狀態，沒住院而是在自家療養。由於沒有外傷，骨骼與內臟也沒檢查出異狀，所以醫院無從治療，但這不是唯一的原因。

「將輝嗎？進來。」

因為戰鬥而負傷的剛毅處於無法好起身的狀態，但是沒昏迷。睡眠時間比正常狀態長，不過清醒時的思緒也很清晰。在自家療養是剛毅本人的意願。

剛毅將電動床的前半段抬高，以斜倚的姿勢坐著。

「老爸，您起得來嗎？」

「嗯。今天手腳的力氣大致回復了。」

剛毅如此回答將輝，向床邊待命的部下指示「下一張」。部下操縱遙控器，將電動床附設的電子紙翻頁。剛毅利用自己清醒的時間，指揮一条家旗下的魔法師。平常都會交給親信，但現在東北與北陸出現敵人侵略的徵兆。他在床上發號施令以防萬一。

「老爸，新蘇聯的船不是躲起來了嗎？」

剛毅和部下對話時，提到成為他住院原因的可疑船隻，將輝聽到之後忍不住插嘴。

「那艘船國籍不明，未確定是新蘇聯的船。」

對於將輝的問題，剛毅的回答幾乎沒有意義。

「不是公開討論所以沒關係吧？還是說老爸真的相信那艘船可能來自新蘇聯以外的國家？」

「……可疑船隻依然下落不明。或許已經自沉。」

「湮滅證據嗎？剛才提到搜索……是要尋找殘骸從海底打撈？」

「或許會這麼做。」

剛毅的回答從剛才就隱約偏離重點。雖然不到吞吞吐吐的程度，卻給人一種避免妄下斷語的印象。

就像是提防外人聽到……

這句話浮現在腦海，將輝才察覺自己失態。他詢問可疑船隻的事絕對非基於好奇，但他應該先講另一句話。

將輝簡短回應「這樣啊」結束和父親的對話，然後對今天也來病房的「外人」開口。

「津久葉小姐，今天也謝謝您。」

「不用客氣。貴當家大人看來也正逐漸康復，我也免於暴露自己的無能而鬆了口氣。」

將輝一副惶恐的樣子低頭致意，津久葉夕歌半開玩笑地回應。這是捨棄住院選擇自家療養的最後一個原因。

那天，收容剛毅的醫院別說治療方法，甚至也不知道衰弱的原因，家屬擔心到差點崩潰。女兒茜與瑠璃情緒變得不穩，剛毅的妻子美登里雖然展現得很堅強，但是看在他人眼裡明顯是為了幫女兒們打氣而逞強。將輝也裝作若無其事，卻無法克制內心的慌張。

說來意外，對這樣的他們伸出援手的是四葉家。

當天就查出剛毅的症狀，免不了令人提高警覺，但是在眾人甚至不知道該怎麼做的狀況下，四葉家提議派遣專家治療剛毅，家屬也只能抓住這最後一根稻草。

之後前來的就是站在將輝面前的年輕女性——津久葉夕歌。聽說她是魔法大學的研究生，完

全沒有醫療相關執照。魔法演算領域目前不屬於醫療對象，不過如果著眼於「從衰弱狀態回復健康身體」這個目的，夕歌的行為無疑是「治療」。

若是讓沒執照的人在醫院進行治療，在事實曝光的時候會在各方面造成困擾吧——在家療養也是基於這個判斷。

「家父……正在回復嗎？」

前天的狀態是連頭都不能動，要發出聲音都很辛苦。昨天即使靠在床邊也爬不起來。這麼想就覺得現在雖然還無法自力起身，能夠維持坐姿就是很大的進步。

不過，病情看似好轉實則惡化的案例時有所聞。將輝光是親眼看見還無法放心。

「是的。關於治療這方面還有很多要摸索的部分，所以沒辦法確定何時能完全康復，不過狀況確實正在改善。放心，會康復的。」

夕歌不改笑咪咪的表情，保證剛毅會復原。

「將輝，不用擔心。我也不能一直睡下去。我很快就康復給你看。」

不只是夕歌，連剛毅本人也堅定保證「會康復」，將輝似乎也稍微放心了。

「那麼……我今天就此告辭喔。明天還會來。」

「啊，我送您。」

「謝謝，但是請不用費心。」

夕歌婉拒將輝的要求，向剛毅致意之後離開房間。

房內的剛毅部下隨後跟上，要帶領夕歌前往玄關。

房內只剩下兩人，將輝收起貼在臉上的客套笑容。

「老爸……實際上怎麼樣？」

「什麼怎麼樣？」

剛毅放鬆脖子，讓頭靠在枕頭上，就這麼看著天花板回答。看來要坐著果然還是很辛苦。將輝略為慌張地按下開關放平電動床。

「她可以相信嗎？」

將輝的嚴肅聲音和電動床放平的細微馬達聲重疊，傳入剛毅耳中。

「我的狀態肯定正在回復。沒人能保證什麼都不做就會變好。只能相信了。」

「是沒錯啦……」

父親委由四葉家相關的魔法師治療，將輝心情上無法接受。雖說是治療，但總歸來說無疑是毫不抵抗地接受精神干涉系魔法。即使從現在的狀態平安回復，也不知道會加裝何種炸彈。

「將輝，一旦起疑就會沒完沒了。」

「說得也是……」

但是如同剛毅本人所說，這是應該背負的風險。

「既然沒有其他方法，也只能相信嗎……」

因為關於如何治療剛毅，不只是別無他法，甚至連一點頭緒都沒有。

「就是這麼回事。不提這個，將輝。」

「老爸，什麼事？」

「那裡有封信吧？是寄給你的。」

剛毅突然改變話題，是為了預防兒子沉入猜忌的無底沼澤。

「打開看看吧。」

不過，剛毅指示現在就在這裡拆信，是因為早就知道這不是私人信件。

「嗯……」

將輝不知道父親為何這樣命令，但總之也沒理由拒絕，所以拿起邊桌上的信封。

接著他立刻繃緊表情。

「十文字閣下寄的信……？」

將輝他唸出寫在信封背面的寄件人姓氏。

他拿起拆信刀，慎重開封。以寄件人的身分地位，即使機率再低，也一定要避免裡面的信件不小心毀損而看不出內容。

「……上面寫了什麼？」

將輝目不轉睛閱讀信件。剛毅抓準將輝視線停止的時間點，從枕頭上轉頭看向兒子詢問。

「……是邀請函。」

「什麼的邀請函？」

「十文字閣下提議從二十八家召集三十歲以下的魔法師，開會討論如何應付反魔法主義。會議舉辦時間是下週日，地點在橫濱的魔法協會關東分部。」

「下週日？這麼趕啊。」

剛毅輕聲說出的感想，和將輝的感覺相同。不過雖然只是推測，但是剛毅還是比較早想到原因，這方面果然是經驗的差異吧。

「十文字閣下大概是不想被干涉吧。」

「干涉？哪裡會干涉？」

如果是吉祥寺，應該會立刻理解剛毅想說什麼吧。不過將輝——在謀略領域還不到這個水準。

「比方說國防軍，或是警察機構。」

「……意思是政府會妨礙十師族？」

「我的意思是也有這種可能性。」

剛毅沒有說明到讓困惑的兒子接受。這種事只能自己理解並接受。這是剛毅的教育方針。

「不說這個，你的決定是？」

剛毅沒說明，而是詢問。雖然這個問題省略受詞，但將輝終究沒駑鈍到聽不懂。

「我要出席。雖然在意侵略者的動向，但我在會議這邊也不能狀況外。」

「一點都沒錯。」

剛毅為將輝的決定打包票。

將輝不認為父親會反對，不過聽到他明確認同，還是消除了「或許做錯決定」的不安。

相對的，另一項擔憂浮現在將輝心中。

「老爸……在這種場合，果然應該寫信回覆吧？」

「當然。」

剛毅很乾脆地回答，只可惜將輝沒寫過十師族之間往來的正式書信。

「……要怎麼寫？」

兒子以束手無策的語氣詢問，剛毅回以「真丟臉……」的視線。

四月九日夜晚。

克人從大學返家時，家人告知有客人在等他。

克人詢問對方從幾點開始等，迎接他的女幫傭回答約三十分鐘前。克人聽過之後，沒換衣服就趕往會客室。雖然是沒事先約好就上門的訪客，也不是可以疏於對應的對象。

「抱歉讓您久等了。」

克人一進入會客室就謝罪，穿套裝的對方女性也起身恭敬鞠躬。

「在您不在的時候前來叨擾，我才應該道歉。」

「別這麼說。不過如果您通知一聲，我就會早點回來。」

克人這番話帶著責難之意，對方女性擺出惶恐態度。

克人邀對方回座，兩人同時坐在沙發上。

「好久不見。雖然晚了點，不過恭喜您繼承十文字家當家。」

「謝謝。我還以為您在二月的師族會議就見過我了。」

「哎呀，恕我失禮。如您所知，我遵照家裡方針著重軍務……十山家的事交給弟弟處理。」

如她本人所說，她是師補十八家——十山家的人。全名是「十山司」。不過在軍方的名字是「遠山司」。

不用說，這無疑是謊報姓名，但是以她的狀況連長官都接受。實質掌管陸軍情報部的諜報領域幕後實力派和十山家簽訂密約，因此她隱藏身分從事情報部的非法任務。

「既然這樣，您今天的來意和國防軍相關嗎？」

「不，並不是這樣。」

十山司維持笑咪咪的表情——維持皮笑肉不笑，毫無情感的表情，完全不帶肢體動作，只以話語否定克人這個問題。

「那麼，請問您這次的來意是？」

即使克人推動話題的方式令人覺得性急，司也絲毫沒露出厭惡表情。司今年二十四歲，和克人差四歲。但即使年齡差距再大一點，一般來說也很難在面對克人的時候維持這麼平靜的態度。她的成長過程想必也接受足以冠上「十」這個數字的教育。

「是關於克人先生的邀請。非常抱歉，十山家有著如您所知的苦衷，所以請容我缺席。」

「這樣啊……雖然遺憾，但也沒辦法。」

司說的「十山家的苦衷」，指的是十山家和國防軍的關係。

十山家是在第十研——魔法師開發第十研究所誕生，功能是首都防衛的最終防壁。十文字家是為了迎擊飛彈或機械化部隊而開發，相對的，十山家是用來在防線被突破之後保護重要設施或要人。

十山家與其說是用來保護人民，應該說是用來保護國家機能的魔法師。在二十八家之中，他們和國防軍中樞的關係最為密切。有必要的時候會全力協助掌權人逃走。這就是十山家的使命。

基於這個性質，十山家是國防軍的影子，或者說和國防軍的黑暗面有著難分難解的關係。

十師族是避免魔法師被國家公權力當成免洗工具的構造，是為了「頂撞」日本這個國家而成立的組織。不過十山家即使參與十師族體制的中樞也絕對不會成為十師族，不被允許以十師族的身分主張魔法師的利益。

「缺席的理由該怎麼說？」

知道這件事的，只有同樣在第十研打造的十文字家。或許也有其他家系知道卻佯裝不知情。不過十山家能表明自己立場的對象只有十文字家。如果與會者將十山家缺席視為問題，十山家在二十八家內部的立場或許會惡化。

「我就是想商量這件事。務必借重克人先生的智慧協助。」

即使國防軍再怎麼在背後撐腰，要是被同樣在魔法師開發研究所打造出來，境遇相同的魔法師集團排擠，果然會造成嚴重的弊害。所以司希望克人提供一個巧妙的藉口避免這種下場。話是這麼說，但她看起來沒有很為難。

「說到智慧，我也沒這種機智……」

克人大概也有這種感覺吧。他回應的語氣沒有熱誠。

而且即使克人的回應堪稱冷漠，司也完全不為所動。

「除了十山家，還有其他家表示會缺席嗎？」

剛坐上十文字家當家位置的克人，以十師族當家的身分首度召集二十八家的魔法師，即使是嘗試也是第一場會議，心理上很難拒絕出席。此外，雖然應該不會產生缺席判決之類的弊害，卻還是難免擔心來不及分到什麼甜頭。

只是畢竟時間太趕了，或許也有其他家回覆當天缺席。

「目前還只收到幾個回覆而已……但我收到七夕家不克參加的道歉信。」

「是用什麼理由？」

「是不是因為下任當家正在就讀防衛大學？」

司間不容髮詢問，克人不禁板起臉。打聽他人信件內容頗為違反禮儀。

不過，在克人猶豫是否要回答時，司自己得出答案。

「……是的。」

她的推理正中紅心，所以克人不情不願地點頭。

「這麼一來，兒子同樣就讀防衛大學的一色家、兒子們擔任軍職的五頭家與八朔家，應該都會缺席吧。」

「……司小姐，希望您不要講得這麼高興。」

克人以這種說法，消極地同意司的預測。

「我放心了。請容我們十山家也以相同理由缺席。」

「……知道了。」

相對於笑咪咪的司，克人一臉不悅地點頭。司將這個邀請一笑置之的態度，使得克人內心不是滋味，但因為知道十山家與國防軍檯面下的關係，所以無法強迫他們出席。

克人開始覺得應付司很累了。

不是和真由美對話時偶爾感覺到的那種不自在。真由美愛捉弄人卻沒有惡意。她本質上是善良的人。

相對的，司不會捉弄人也沒有惡意，卻連善意都缺乏。她的想法不會以取悅他人為起點。明明完整具備喜怒哀樂等情感，卻輕易忽略他人的喜怒哀樂。

就算這麼說，只要沒妨礙到任務，就不會違反規則或道德規範，所以更加惡質。不是沒有情感的機器人，也不是價值觀不同的異邦人。由於可以和她自由溝通，所以和她交談，疲勞就會一點一滴地累積。

不過她的事已經處理完畢，之後只要道別就好。克人是這麼認為的。

「話說回來。」

但這是他打如意算盤造成的錯誤認知。

「四葉家的下任當家以及未婚夫——司波深雪小姐與司波達也先生會參加會議嗎？」

「……我還沒收到回應，但應該會出席吧。」

「克人先生認識他們兩位吧？」

「因為是第一高中的學弟妹。」

司這張社交笑容底下的雙眸，捕捉到克人的雙眼。

她的眼睛不是射出犀利光芒，而是藏著吞噬一切的深淵。

「他們是什麼樣的人？」

「彼此來往不算密切，所以我不知道他們的詳細為人。」

「光是您知道的部分就好，可以告訴我嗎？您認識他們的程度，至少足以判斷他們即使身為祕密主義的四葉家成員，也敢在自由出席的會議上露面吧？」

原來如此。目的是這個啊。

克人後知後覺，得知司真正的企圖。

仔細想想，即使是為了找藉口，司再怎麼樣也不會只因為要告知缺席而專程來訪。她所屬的組織總是在社會的黑暗面勾心鬥角，而且她在該組織擔任重要職責。如果需要傳話，十山家應該也有其他人適任。

克人理解到，司是為了取得關於四葉家魔法師的情報，才假借缺席謝罪的名義來到他這裡。

克人也可以拒絕司的要求。他沒有義務或責任一五一十回答司的疑問。

「關於下任當家，我不是很清楚。」

不過到最後，克人基於「也沒必要隱瞞」的消極理由回答。

「那位未婚夫是嚴管信義的人。」

「嚴管信義？不是嚴守信義？」

一般人當然會抱持司這個疑問。但她的語氣聽起來也像是不懂克人這句話的意思。

「一旦結盟就絕對不會主動背叛。但是會以背叛回報背叛。我認為司波達也先生就是這樣的人。」

「這樣啊……」

司暫時中斷對話沉思。

「……如果被政府，不，如果被國防軍背叛，您認為他也會這麼做嗎？」

「應該不會做出對於國家來說的利敵行為。」

「意思是他會面不改色和軍方幹部或政府要人為敵吧？」

「他不是會主動和他人為敵的愚昧人物。」

司的詢問聽起來甚至像是將話題引導到危險方向，克人以從容卻堅定的語氣回答。

「不過，他沒有絕對的忠誠心。」

「這始終只是我對司波達也先生的印象。而且就算他不會對任何人忠誠，我認為他對國家依然忠誠。」

「但我認為獨善其身的愛國者，和墨守成規的和平主義者同樣有害。」

「愛國者或和平主義者都不是壞人吧？只要沒有實際危害，起內鬨絕非上策。」

克人的犀利目光和司的柔和視線相對。

「別這樣啦。『十山家』沒有對四葉家惹是生非的意思喔。」

克人眉頭深鎖。

司面不改色，喝著完全變涼的茶。

ＵＳＮＡ羅斯維爾郊外，當地時間四月十日下午四點。日本時間四月十一日上午七點。

莉娜終於結束長達一週的任務回到基地。她當初接到的是救人任務，拯救對象是出動鎮壓前墨西哥暴動事件卻反而被包圍的巫軍——集合沒能成為STARS候補的低階魔法師士兵編組而成，由聯邦政府指揮的國內維安部隊。

不過，武裝出動遭受敵對行動的部隊，莉娜必須在協助他們撤退的同時阻止戰鬥正式爆發，還要避免暴徒傷亡，如此困難的任務不可能輕易完成。莉娜所率領STARS第二、第四、第五等三個部隊於四月二日早上進入當地，將STARS的響亮名聲與參謀總部的權威活用到極限（也可以說是張揚），偶爾也對巫軍行使強制力，好不容易平息暴動，將巫軍帶回休士頓總部，在今天終於回到羅斯維爾。

到最後，為了完成肩負的任務，不得不想辦法處理暴動本身，莉娜他們被迫在實質上禁止對暴徒使用武力的條件下鎮壓暴動。莉娜亂發脾氣斷定參謀總部肯定一開始就這麼打算，這或許出乎意料是真相。

像這種需要政治談判力的任務，莉娜老實說派不上用場。暴徒以及和暴徒會合的州軍，實際上是由以女性幹部為主的第四隊說服的，莉娜只負責監視對立的巫軍與州軍。而且第四隊隊長織女星據傳和莉娜處得不是很好（實際上是織女星動不動就把自己當成大姊姊，莉娜單方面不擅長應付她）。經歷各種事而疲憊不已的莉娜，向基地司令報告任務完成之後，終於找回觀察周圍的餘力。

這麼晚才察覺有異，莉娜自己都覺得不太對，但基地內部像是即將出動般籠罩匆忙的氣氛。如此心想的她感到納悶。

雖然一半像是掛名，不過自己是這個部隊的總隊長。既然STARS接到出擊命令，即使自己不在出動名單，也應該要接到報告才對。莉娜對此抱持疑問。

行李只放在房間還沒打開，但莉娜沒回到自己房間，前往希兒薇雅的房間。關於整個部隊的事，其實問卡諾普斯比較好，不過她最能放輕鬆詢問的對象是希兒薇雅。

幸好希兒薇雅在房內。莉娜敲門之後，希兒薇雅爽快邀她入內。莉娜在裡面看見完全做好旅行準備的民用行李箱，睜大雙眼。

「希兒薇，這不是私人旅行吧？」

希兒薇雅朝莉娜露出「妳真清楚耶」這種像是稱讚孩子的笑容。

「是的。以行星級為主的成員，受命進行潛入任務。」

「行星級」是以後方支援型的魔法師構成。希兒薇雅也是擅長情報收集與傳遞的魔法師。既然以行星級為主，就代表暫時不考慮直接動用武力。

「但我沒聽說啊？」

「這次的任務不是派給STARS，是情報部篩選適合作戰的魔法師，個別下達命令。」

「這麼亂來……」

莉娜不禁輕聲這麼說，但是既然這種做法實際闖關成功，如今抱怨也無濟於事。尤其情報部不是講大道理就管用的對象。莉娜也明白這種程度的事。

「……所以，作戰內容是什麼？出動地點是哪裡？」

希兒薇雅遲遲不肯回答。這次的任務姑且是機密。但莉娜沒有收回問題的意思。希兒薇雅只能以「這是長官的命令」說服自己。

「作戰地域是日本。俘虜『Great Bomb』戰略級魔法師的作戰再度開始。」

莉娜露出不小心喝到太苦紅茶的表情。

「……那個作戰要再度開始？」

二〇九五年十二月到二〇九六年三月，莉娜被派遣到日本。原本的任務是俘虜引發「灼熱萬聖節」的戰略級魔法師，如果做不到就改成想辦法破解暫時命名為「Great Bomb」的戰略級魔法（此外，該魔法師被冠上「Great Bomber」這個像是炸彈魔的綽號）。不過任務從後半開始變更為處分化為怪物逃離軍隊的魔法師，莉娜在逃兵處理完畢的時間點就接到回國命令。

莉娜回國前後這段時間，魔法大學與第一高中以外的魔法科高中或魔法關連企業臥底人員也撤退，俘虜戰略級魔法師的任務以自然消滅的形式不了了之。不過五角大廈沒忘記日本私藏的戰略級魔法師造成何等威脅。

國家安全局主導在日本國內建立搜索網，準備俘虜用的實行部隊，於這次再度展開搜索。在這個時間點批准對同盟國進行諜報活動，果然戰略級魔法再度使用在實戰的事實造成了莫大的影響。

戰略級魔法「同步線性融合」在南美被實際使用了。

那麼，沒人能保證「Great Bomber」下次不會在太平洋地域使用。

既然威脅變得更可能成真，優先順位當然會往前拉。

「就算這麼說，為什麼是希兒薇……」

不過，接受作戰的必要性以及接受具體的執行方式是兩回事。

「應該是因為我上次也潛入日本，所以上級認為我熟悉狀況吧。」

「妳上次待在日本的時間，不是大多用在尋找寄生物嗎？而且寄生物事件解決之前，妳就先受命回國了。關於『Great Bomb』的調查，妳的條件明明和這次首度去日本的人們一樣吧？」

其實莉娜這番話比較接近希兒薇雅真正的想法。或許因為這樣，所以希兒薇雅苦笑聆聽莉娜

「而且……雖然這麼說不太好，但是以妳的戰鬥能力要對付日本魔法師，我會擔心。」

不過，這段話令希兒薇雅的苦笑凍結。

「日本魔法師的戰鬥力不正常。恆星級的魔法師比比皆是！不過，我是回國之後才知道深雪與達也是『那個四葉』的魔法師，也可能是我潛入的場所比較特別吧。」

「這麼棘手嗎……？」

希兒薇雅滯留日本的時候，也透過莉娜發的牢騷屢次聽聞日本魔法師的實力。不過聽莉娜這樣認真擔心，內心就重新冒出不安。

「我每次回憶深雪與達也就在想，四葉的惡名不是誇大其詞。深雪的魔法力和我天狼星不相上下。如果限定在對人戰鬥，達也的實力勝過我。」

「到這種程度嗎……」

「希兒薇，你有這次遠征人員的名冊嗎？」

「非正式的可以嗎？」

希兒薇雅就這麼維持僵硬表情，依照莉娜的要求，打開折疊式終端裝置的螢幕。從六摺狀態攤平為一片平板的螢幕，以列表方式顯示約五十個人名。

莉娜光是看名單一眼就皺眉。看完整張表之後，她的表情從嚴肅升級為嚇人。

「……我可以理解派遣成員沒有恆星級，但是居然連星座級都沒有。情報部打算將魔法師當成免洗工具嗎？」

STARS的隊員分類為一等星級、二等星級、星座級、行星級與衛星級。其中的一等星級、二等星級、星座級是正規戰鬥員待遇。

行星級或衛星級當然不是完全無法戰鬥，以非法諜報任務為主的衛星級之中，也有隊員的戰力超過星座級並且匹敵二等星級。不過各部隊的分工確實具備意義，行星級的魔法師戰力還是比不上恆星級（一等星級與二等星級的總稱）或星座級隊員，衛星級要是和星座級正面硬碰硬也大致會輸。

如果是單純的情報收集任務，只要派行星級與衛星級，再加上STARDUST的強化魔法師就是綽綽有餘的陣容。不過將專精於情報收集與後方支援的魔法師派到日本，而且是「那兩人」嚴陣以待的東京，又沒派戰鬥魔法師護衛，莉娜只覺得是要放任他們自生自滅。

莉娜毫不誇張，打從心底如此低語。領悟到這一點的希兒薇雅啞口無言。她覺得「反正是在同盟國進行的任務」而稍微小看，如今不安程度突然增加。

「既然發布正式命令，應該沒辦法在事前撤回……所以希兒薇，請小心一點，千萬別勉強。我會建議參謀總部至少加派星座級人員。」

「……知道了。」

「情報部或許是想利用衛星級以及STARDUST，在日本國內進行破壞作戰，藉此引誘『Great Bomber』出現。到時候可能會命令後方支援人員出動，不過請妳絕對不要參加這種作戰。因為衛星級或STARDUST絕對贏不了日本的十師族。」

希兒薇雅還沒點頭，莉娜就以強硬語氣補充接下來這段話。

「如果遭遇這種狀況，妳拿我的名字出來抗命也沒關係。」

從日本回國之後，莉娜不確定「天狼星」這個名字有多少價值。但即使是虛名，只要拿出「ＵＳＮＡ最強魔法師」這個名號，至少可以保護一名親信吧。莉娜像是說服自己般這麼想。

四月十二日，星期五晚上。國立魔法大學附設第一高中本年度的社團招生週開始至今過了三天。今年一高校內也上演狂亂饗宴，但是目前沒發生太大的衝突。因為達也與深雪嚴加監視。兩人加入社團招生時違反校規的取締行列，這部分和去年一樣。不對，達也前年也是毫無權威的一年級，卻逮捕大量違規的學生。

但今年兩人換了頭銜。不是學生會長與書記長的頭銜，是四葉家下任繼承人與現任當家兒子的頭銜。不只是已經以魔法師身分參與家裡工作的學生，對於依然只是悠哉高中生的學生來說，四葉這個名字也不容忽視。無論是嫩芽還是種子，對於活在魔法師世界的人來說，四葉家就是如此令人畏懼的對象。

只不過，這只是一高學生窮緊張，和達也他們無關。達也、深雪與水波，在這幾天依然當個「平凡」的魔法科高中生勤於學習與鍛鍊。

不過，晚上餐後休閒時間打來的這通電話打破這份平穩。

「抱歉以這身打扮見您。」

達也朝著視訊電話的鏡頭恭敬行禮。

『達也，我不在意的。』

在螢幕上投以微笑的是真夜。

『哎呀，深雪不在家？』

「我剛才請水波去叫她了。」

其實是達也確認電話來自四葉本家時，就讓深雪去換衣服了。真夜大概也知道，不過這成為彼此私底下的共識，沒有多提。

『這樣啊。那麼，只有你在就可以了。畢竟今晚打這通電話原本就是有事找你。』

「不敢當。」

達也再度朝鏡頭行禮。雖說在四葉家內部獲得不同於以往的地位，但這都是基於真夜的一己之見。不知道真夜何時會同樣心血來潮反悔。達也對於自己立足點的穩固程度並未過度信賴。

『事不宜遲問一下，週日的會議預定在上午舉行吧？』

「是的。」

達也如此回答的下一秒，深雪回到客廳了。上半身是剛才也穿著的蕾絲上衣，下半身從淡色喇叭短裙換成深色喇叭長裙，是中規中矩的打扮。

「姨母大人，請恕我如此無禮。」

『沒關係的。畢竟是我突然打電話過來。』

「不好意思。」

深雪恭敬行禮，真夜漠不關心般朝她一瞥，繼續剛才中斷的話題。

『那麼，週日下午過來一趟吧。我想知道久米島事件的詳情。』

真夜沒補足剛才深雪沒聽到的部分，但深雪也很清楚是怎麼回事。

「遵命。」

達也一副想都不想的樣子就允諾，行禮致意。原本他四月就要到本家報告這件事，這不是真夜的任性或強人所難。

不過，問題在於會議拖延到下午該怎麼辦。橫濱到四葉本家不是很遠，卻得花不少時間，隔天也還要上學。達也、深雪與水波三人不能同時請假。

就算這麼說，達也內心沒有和深雪分頭行動的選項。

「要是會議拖太久，我可以中途退席嗎？」

達也得出的答案不是「改天報告」，是「退出會議」。

『哎呀哎呀……記得這是十文字閣下主辦的會議，你這麼做不太好吧？』

「但我認為在會議席上待太久，反而會造成一些不方便。」

考慮同階級十師族之間應盡的禮儀，真夜這麼說是理所當然。不過達也重視利益得失，認為會議拖太久可能會被迫接下一些麻煩事。

『七草家的長子或許也這麼想吧。』

真夜看出達也沒說出來的擔憂，笑著點頭。

『說不定，他想把你與深雪拱為主角……』

真夜語帶玄機地這麼說，暗示自己已經掌握某些事——恐怕是七草家的企圖。

『不過既然十文字閣下在場，應該不會變成這樣吧。不用擔心會議拖延太久。』

「知道了。」

達也低頭表示收到。週日的會議是召集年輕世代舉行，但光靠年輕世代的共識推動不了什麼事，至少達也不這麼認為。

『那麼，週日你就這麼辦吧。』

達也再度行禮，準備進行結束通話的問候。

『不過，在這之前……』

但真夜要講的事還沒講完。

『我想，應該會請你做一份工作。』

真夜的說法令達也感覺不對勁。

「沒確定嗎？」

『因為委託工作的不是我。』

達也疑惑地稍微皺眉。

「意思是國防軍要派任務給在下？但是姨母大人您為什麼在意這種事？」

如果不是四葉家，塞工作給達也的就是國防軍。ＦＬＴ的工作在達也的管控之下，沒有插入緊急任務的餘地。

那麼，真夜為什麼提到國防軍的任務？說不定真夜不想讓他接這個任務。達也如此猜想。

『因為我也不想讓外國軍隊登陸國土。』

不過，這句回應令他領悟到自己的誤解很天真。

「北海道的狀況這麼差？」

『狀況好像不差喔。反倒是新蘇聯軍為什麼憑那種程度的兵力就維持強勢態度令人在意。』

深雪與水波似乎都不知道真夜在掛念什麼事。

但是達也立刻得出一個伴隨戰慄的預測。

「意思是新蘇聯可能使用『水霧炸彈』？」

達也說出這個答案，使得深雪與水波臉色一變。

『是的。達也，老實說，讓一条閣下吞敗的魔法，我認為也是縮小規模的「水霧炸彈」。』

「您認為以魔法產生大量的氫氧混合氣再一口氣點火，就是『水霧炸彈』的真面目？」

『算是以氫氧混合氣為燃料的氣體炸彈吧。不過最重要的魔法機制完全不得而知。』

達也也稍微思考需要用到哪些魔法，不過光是提供足夠威力的氫與氧該如何確保，要一邊製造一邊封鎖還是在一瞬間生成，他在入口處就陷入瓶頸。

『如果在佐渡外海使用過「水霧炸彈」，在宗谷海峽卻對使用有所猶豫反而不自然吧。』

「意思是要我對抗嗎？不過『質量爆散』不能在敵我距離太近的狀況使用。燃燒氫氧混合氣的魔法應該不難調整威力，但是將質量變換為能量的『質量爆散』，變換對象再怎麼縮小還是有極限。」

達也難得說出喪氣話，不知道是否多心，真夜對他露出的笑容帶著些許嗜虐氣息。

『放心，國防軍也沒要求在日本沿岸附近使用「質量爆散」。他們應該是要求你用超長程狙擊牽制敵方艦艇吧。除此之外就是破解敵方的魔法。』

達也從最後一句話，隱約理解真夜講得像是為國防軍幫腔的真正用意。

「您要求我分析戰略級魔法『水霧炸彈』嗎？」

『即使是你，我也不認為看一眼就能分析。即使是蛛絲馬跡也好，得到任何線索就夠了。』

「知道了。」

達也回應之後，真夜嫣然一笑。

『期待星期日見到你。』

「不敢當。」

達也低頭的時候，真夜這通電話結束了。

講電話時一直站著的達也，確認視訊電話的畫面變黑之後，有點粗魯地坐在沙發。

「哥哥，那個……您辛苦了。」

深雪不是坐在達也身旁，而是跪在他面前，擔憂地仰望他的臉。

達也露出笑容起身，像是稍微撥亂般撫摸深雪的頭髮，然後再度背靠沙發坐下。

「突然變匆忙了。」

「一點都沒錯……那個，十文字學長的會議，要不要由我出席？」

深雪戰戰兢兢將手放在達也大腿。

「不，沒關係的。」

達也將手掌疊在她的手背上。

深雪這個行為應該不是深思的結果。她回神睜大雙眼，慌張收回手。

「……不好意思。」

深雪害羞地從達也身上移開目光。

「……我才要道歉。」

達也似乎也同樣沒意識到自己的行動，他露出有點驚訝的表情，注視自己觸摸深雪的手。

有點詫異的這副模樣，使得深雪愈來愈慌張。

「那個！我絕對不是抗拒達也大人碰我，不是這麼回事！哥哥願意握我的手令我喜出望外，不過該說事出突然所以嚇一跳嗎……」

該稱呼達也「哥哥」還是「達也大人」？深雪連這份迷惘似乎都拋到九霄雲外。

達也看著狼狽的深雪，內心逐漸恢復平靜。

「深雪，妳冷靜。」

「好的，不，可是……」

「妳冷靜下來。」

「……好的。」

深雪揚起視線觀察達也的表情。

達也微微點頭表示「不在意」。

深雪的手再度戰戰兢兢伸向達也大腿。

達也的手掌疊在放置大腿上的深雪手背。

深雪的手動也不動，甚至沒有反射性縮手的徵兆。

「……好神奇。剛才我為什麼慌成那樣？」

「這次沒問題嗎？」

「是的……不是。」

達也沒催促深雪說明這句矛盾的回答。

不久，深雪緩緩張開豔麗的雙脣。

「我的心現在也慌得不得了。心臟用力在胸口跳動，甚至無法好好呼吸。」

深雪嘴裡這麼說，表情卻很柔和。

「達也大人摸我，我不可能維持平常心。可是不知為何，現在的我不像剛才那樣迷失自我。

雖然內心劇烈晃動，但是波浪又大又規律，連這份窒息的感覺都好舒服。」

深雪輕輕將臉貼在包覆自己手背的達也手指。

「和之前稱呼您『哥哥』的那時候相比，我的心明明晃得更劇烈……我卻甘之如飴。簡直在

說這種持續晃動的狀態，才是我的心原本應有的樣子。」

瞇細雙眼注視深雪的達也，忽然感覺空氣晃動而抬頭。

達也視線前方是逃進廚房的水波。她頭髮縫隙露出的耳朵紅通通的。

◇　◇　◇

不祥的預言與可喜的預言。若問哪種預言命中的機率高，大部分的人都會回答前者吧。說來遺憾，真夜對達也說的預言也成真了。

四月十三日，星期六。進行聽講課程時，達也的教學終端機顯示來自校方的緊急訊息。

達也依照指示，中斷以終端機個別播放的課程，離開教室。班上同學們露出「怎麼了？」的表情，但立刻將視線移回自己的終端機。

達也前往會客室。穿西裝的真田在裡面等他。

達也不是舉手敬禮，是鞠躬之後走到真田面前。真田以眼神向學校職員示意。職員雖然不情不願還是離開會客室。

真田使用魔法，隔音力場籠罩會客室。達也確認之後先開口。

「真田少校，您不是出動前往北海道嗎？」

「臨時趕回來了。我們需要你的力量。」

真田表情一如往常，不過大概在焦急吧，說話不得要領。

「知道了。我到基地再請教狀況。」

不過達也沒在這裡問答浪費時間，他沒犯這種錯誤。而且再怎麼隔絕聲音，也不能在校內說明作戰細節。

「霞浦嗎？」

「是的。可以馬上走嗎？」

真田性急問完，達也回答「沒關係」。達也是學生會幹部，不必將CAD放在學務室保管，也不像女學生除了情報終端裝置還要隨身攜帶私人物品。

「那就立刻出發吧。」

「知道了。在下去申請早退，請在這裡稍候。」

達也以安撫真田焦急心情般的語氣說完，離開會客室。

經由立川基地，搭直升機前往霞浦。達也離開學校一小時後，位於一〇一旅司令部大樓的指揮司令室。

這個房間和對馬要塞的觀測室擁有相同設備，能將偵查衛星或平流層監視器的情報進行三次元處理，打造出如同身處現場的視野。達也在這個裝置之中拿著步槍造型的特化型CAD「第三隻眼」坐在椅子上。

他現在戴的護目鏡，和可動裝甲的頭盔一樣和第三隻眼連線。封印沒解除，所以無法使用「質量爆散」，但他處於隨時能進行超長程狙擊的態勢。

「第三隻眼」是為了運用「質量爆散」而設計的CAD。但並非只能使用「質量爆散」。「第三隻眼」的功能是超長程精密瞄準輔助。也可以沿用在其他魔法的瞄準。

如果術士無法熟練使用，這當然是無用之物。能夠將偵查衛星或平流層監視器提供的情報，當成從自己視覺獲得的情報一樣處理，才能首度發揮「第三隻眼」設定的功能。

而且達也具備這項技術。他可以使用「第三隻眼」，將「雲消霧散」或「術式解散」送到幾百公里遠的場所。

「大黑特尉。」

這個聲音令達也起身。

「作戰沒有變更。」

今天在這裡命令達也的不是風間。是因為一頭看似銀色的雪白頭髮而別名「銀狐」的女性將官——旅長佐伯廣海少將。

螢幕播放的是從平流層監視器拍攝的宗谷海峽（國際名稱為拉佩魯茲海峽）即時影像。

「第一目標是破解敵方魔法。如果做不到就改為妨礙侵略艦艇航行。盡量避免擊沉。」

「收到。」

「特尉，準備好了嗎？」

佐伯下達最終指示之後，真田詢問達也。

「準備完畢。已經在監視敵方魔法的發動。」

「很好。那麼，請回座。」

達也再度坐下。佐伯不會命令他站著待命浪費力氣。完美表現是她唯一的要求。

螢幕映出許多從庫頁島南下的小型船隻。乍看像是漁船，不過平流層監視器附設的各種感應器顯示這些船幾乎都是戰鬥艦艇。之所以混入疑似真正的漁船，大概是為了偽裝，以及故意讓這邊擊沉當成事後找藉口的材料。

以不擊沉為前提阻止艦艇，是用來避免對方使用這個藉口的計策，達也是做得到這個要求的魔法師才被徵召過來。

對於魔法來說，物理距離不會造成實質的阻礙。即使距離幾千、幾萬公里遠，只要能在「情報層面」接近就可以使用魔法。

反過來說，魔法師想知道其他魔法師從哪裡使用魔法，只能從情報層面的距離與方位偵測。即使能感應到魔法發動，卻不知道該魔法在「地理層面」位於何處。若是物理距離夠近，要讓情報座標與相對位置座標一致並非難事。但如果相隔數百公尺，一般魔法師就無法認知魔法是從哪裡擊發。

反觀機械感應器的偵測精密度，受到物理距離本身的影響。長距離感應器的偵測範圍甚至比一般魔法師廣，找得到使用魔法的魔法師躲在哪裡。但如果是數十公里的規模，就難以將魔法連結到使用魔法的魔法師。現行技術只能在魔法於某處發動的同時，查出其他場所的魔法師使用了同類型的魔法，即使能推定因果關係也無法確定。

魔法師與魔法發動地點要是距離數百公里遠，即使只是想推定魔法在何處使用，實際上也是不可能的任務。而且達也能以正確的瞄準使用這個超長程魔法。

達也就這麼坐著注視螢幕。「第三隻眼」即使是槍托著地豎立的狀態，也和這個房間的情報機器連結。達也的護目鏡顯示大型螢幕沒播放的複數數值資料。

這些數值之中，顯示想子波振幅的數值開始異常變動。短時間內不規則地反覆升降。

達也起身架起「第三隻眼」。沒人為他這個突然的行動感到疑惑。各軍官所坐的控制台，顯示出和達也護目鏡相同的情報。

「確認想子波活化！」

管制員的聲音響遍室內。

螢幕影像開始捲動，確認想子波增強的地點顯示在中央。

該場所位於出海迎擊的日本艦艇行進路線，堪稱就在前方。

達也接受「第三隻眼」的輔助，以「精靈之眼」觀察該座標。

該處即將產生小規模的魔法式。

不只是事象改寫的對象範圍小，預估完成後的魔法式情報量不多。從已經投射的內容判斷，是將水分解為氫與氧再點火的魔法，但是威力僅止於對人地雷的程度。

不誇張，達也解讀到這麼深入所花費的時間只有一瞬間。手指已經掛在CAD的扳機。他依照解讀的情報，在自己的演算領域建構出術式解散的魔法式，正準備朝敵方魔法式施放。

但他中止發射術式解散。

因為敵方魔法式寫入未知的要素。

即使維持現在這樣，也可以破壞敵方分解水並點燃氫氧混合氣的魔法式模組。他之所以中斷魔法，是因為沒看過的模組令他分神。

追加的要素共兩項。其中一項是延遲發動。雖然稍微改寫卻不難解讀。

不過，另一項要素吸引達也的注意力。

（複寫魔法式？）

（……不對，不是單純的複製。不是複製完全相同的魔法式。是讓投射座標與發動時間產生變動，同時自動建構新的魔法式？）

魔法式是在魔法演算領域的內部建構而成。這是現代魔法的常識，卻不是適用於所有魔法。例如使用符咒的古式魔法，最終的魔法式建構程序是在符咒上進行。在古式魔法的領域，也有不少魔法是以「祭壇」、「魔法書」或「法杖」等道具作為魔法媒介建構魔法式。

但是達也現在「看見」的東西，不屬於上述任何一種。

魔法式本身內藏建構魔法式的功能。

雖然近似循環演算，但循環演算是在魔法演算領域內部，對魔法式賦予建構啟動式的功能，相對的，這個模組是在魔法發動對象的情報體上，由魔法式自行建構魔法式。而且相對於循環演算只是複製完全相同的啟動式，這個模組可以自動輸入和原版魔法式不同的變數。

在達也一瞬間陷入沉思的空檔，敵方魔法式一口氣增殖覆蓋海面。

（延遲發動是為了這個嗎？）

調節複製魔法式造成的些許延遲，讓所有魔法式同時發動，一齊生成並點燃氫氧混合氣。

達也不確定這就是戰略級魔法「水霧炸彈」的全貌。

（這就是「水霧炸彈」？）

然而，他同時也無暇猶豫。

達也捨棄「術式解散」，改為使用「雲消霧散」的魔法式。

事象改寫的效果是水的分解。氫與氧的分離。

氫氧混合氣的燃燒是氫與氧的結合。水的合成。

達也知道，敵方魔法式並非提供熱能讓氫燃燒，是讓氫與氧直接結合。

一邊是以魔法合成水，一邊是以魔法分解水。

以相反方向強制改寫事象的兩個魔法，引發讓彼此失效的「相剋」效應！

「確認敵方魔法失效。」

真田說。達也頭也不回，瞄準敵方的船隻。

剛才勉強趕上，但是無法保證下次也能順利成功。

而且，要是發動範圍更加擴散，達也的魔法將無法涵蓋。必須在敵方複製魔法式完畢之前讓魔法失效，否則可能成長為無從應付的規模。

何況用來複寫的原版魔法式，或許可以連續使用。

（真棘手的魔法。）

至少無法立刻想出決定性的對應方式。

相對的，達也決定逼敵方無法航行。

達也的「雲消霧散」接連分解敵方船隻的螺旋槳。

從庫頁島節節進逼的船隊，從前方依序停止，呈現壅塞狀態。

直到阻止敵方三分之一的船隻航行，達也架著「第三隻眼」的手才終於放下。

◇◇◇

海參崴的新蘇維埃科學協會極東總部。位於總部一角的無窗建築物裡，一台三公尺見方的筐體，緩緩吐出一張像是近代宮殿寶座的椅子。

坐在這張椅子上的是新蘇聯公認的戰略級魔法師──伊果·安德烈維齊·貝佐布拉佐夫。

他緩緩取下覆蓋到鼻翼的頭罩，輕輕搖頭之後起身。

「那個魔法是『分解』嗎……？」

貝佐布拉佐夫在無人的室內低語，視線掃向周圍。

這棟研究大樓沒有窗戶。這棟建築物的所有物品都是高度機密。

例如在貝佐布拉佐夫背後，剛才他坐在裡面的這座筐體，是由魔法師入內操作的魔法演算輔助超級電腦。和普通CAD截然不同，是用來輔助發動大規模魔法的裝置。每次都依照所有要素進行演算，提供最佳化的魔法式，讓魔法師無須主動付出心力，就能使用只靠自己完全無法實行的大規模魔法。

所以即使往外看，也只看得見牆壁。但是貝佐布拉佐夫以像是能穿透厚牆的視線看向東北東的天空。

在那片天空的下方，以失敗收場的日本侵略軍肯定正在開始撤退。

如果貝佐布拉佐夫繼續支援，應該還可能反敗為勝吧。但這次的作戰並非真的要侵略日本。比較像是為了讓低階軍人發洩一下而實施的演習。

日本剛結束和大亞聯盟的大規模紛爭，沒餘力反過來侵略他國。本次作戰是基於這種計算。

（總之，這個推測應該沒錯……）

雖然還沒確定，但是就他所見，日軍的追擊沒有勢如破竹到進犯庫頁島。

說到這次的失算，就是能讓他魔法失效的那個魔法師。

（究竟是何方神聖……？難道是昔日殲滅大亞聯盟艦隊，質能轉換的戰略級魔法師……？）

貝佐布拉佐夫獨自在內心低語。他在僅此一次的交集就大幅接近真相。

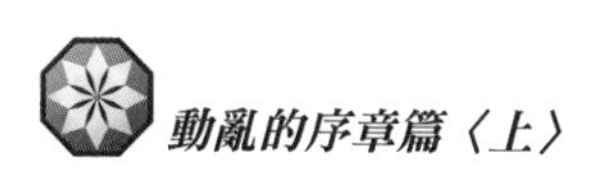

[5]

四月十四日，星期日。今天是克人召集二十八家年輕世代開會的日子，但達也一如往常到八雲寺廟修行。對於達也來說，十師族的會議不足以逼他變更每日的例行計畫。

不過，今天的他也不是一如往常。昨天和推測是貝佐布拉佐夫的魔法師進行的那場對決，留在達也心中成為重大懸案。

應該是「水霧炸彈」的那個魔法，達也無法以「術式解散」使其失效。

昨天他是主動中斷「術式解散」，但即使認真對抗，肯定也很難使其完全失效。

這是達也第一次的經驗。他不像克人或水波能使用強力的防禦魔法。讓敵人的魔法失效，藉以保護自己以外的某人不被魔法攻擊。這是他的作風。

一邊自動複製魔法式一邊廣範圍展開的那個魔法，要以何種方式對抗？自己能怎麼做？達也動不動就忍不住思考這個問題。被眼前以外的事分神而疏於注意，這是達也非常難得的經驗。

和八雲對打時終究不會分心，但是回到家裡似乎就鬆懈了。

在淋浴的時候，以及沖汗完畢擦拭身體的時候，「如何對抗昨天的魔法」這個問題也幾乎占據意識。甚至會忽略平常不必注意也肯定能察覺的聲音或他人氣息。

（只要是單一魔法式，無論規模再大都能以「術式解散」處理。）

（只要記述內容相同，無論是成千上百的魔法式都能當成單一物件處理。）

（不過，昨天的魔法是記述內容略有不同的無數魔法式聚合而成。）

（如果只是座標／場所不同就算了，連發動時機／時間都不同，在情報層面就無法視為相同物件處理。）

（以自動複製連鎖展開的那個魔法……真麻煩，暫時命名為「連鎖演算」吧。現在的我無法對付執行完畢的連鎖演算。）

（在展開完畢之前摧毀原點魔法式，這種做法的效果最好……）

（……但是不可能這麼簡單。對方肯定也想過對策。）

（各魔法式的威力沒什麼了不起。雖然可以攻擊的範圍很廣，卻沒有特別高溫高壓的爆炸中心。姨母大人說的沒錯，和氣體炸彈一樣。）

（如果是高強度的護壁魔法，應該可以確實對抗吧。）

（到頭來，問題果然在於我無法好好施展護壁魔法嗎？）

（要在聖遺物寫入護壁魔法嗎？不……聖遺物的分析順利進行中，但是現階段還不能在實戰時靠它協助。）

（要讓琵庫希學習護壁魔法嗎？）

（畢竟從現實層面來說，也不能要求水波隨時隨地陪在身旁……）

或許是因為正在思考這種事吧。

更衣間的門突然開啟。即使再怎麼專心想事情，也終究會察覺這個聲音。正在擦頭髮的達也從毛巾縫隙看去，水波站在打開的門後，睜大雙眼愣在原地。

達也也不是沒嚇到。但他瞬間就從驚慌回復。雖說剛沖完澡，不過當成禮儀植入身心的下意識行動，使他下半身圍著浴巾藏住重要部位，只有上半身赤裸。

「水波。」

達也避免和水波視線相對，盡量以平靜的聲音叫她。

但是，沒有回應。水波不可能沒看見達也。因為她臉蛋紅通通的。

「水波，麻煩關門。」

這次達也稍微加重語氣這麼說。

「————！」

延遲數秒。

「屬……屬……屬下失禮了！」

水波發出響亮的聲音，關閉更衣間的門。接著地板砰碰作響，大概是水波在走廊跌倒吧。

達也感受著愧疚的心情，迅速穿上衣服。

飯廳裡，餐桌上已經備好早餐。

至於地板上，水波維持跪伏姿勢發抖。

達也瞥向就座的深雪。

深雪一副「我哪敢！」的表情搖頭。

看來水波跪伏在地上，並不是因為惹深雪生氣。

「這可不行！沒徵得深雪大人的許可就欣賞達也大人的身體，侍女不該如此冒犯！」

「水波。總之，不要在意。」

深雪五味雜陳地輕聲說：「徵得我的許可是怎樣……」但水波沒聽到。

「請懲罰我！」

「不對……沒鎖門的我也有錯，所以妳不用這麼自責。」

「不！沒發現達也大人正在洗澡，百分之百是我的過失！請依照罪狀給予我這個沒用的侍女相應的處罰！」

「居然要求處罰，我說啊……」

看來水波似乎開啟了奇怪的開關。

為難的達也看向深雪求助。

「水波最近好像迷上以近代歐洲為舞台的戀愛小說……」

深雪一邊苦笑，一邊建議（？）達也。

確實是建言沒錯。多虧這句話，達也消除內心的疑問。不過說來遺憾，這樣沒能解決什麼。

不得已了……達也心想。雖然沒有任何要責備水波的事，但這樣下去也會影響後續的計畫。

達也決定狠下心腸。

「……水波，我接下來必須出席重要會議。這妳記得吧？」

「——記得。」

水波就這麼額頭貼著地板大聲回答。

「開完會，我必須到本家一趟。妳當然也必須以深雪護衛的身分同行。」

「屬下明白。」

「今天就像這樣很忙，沒時間處罰妳。聽得懂我的意思吧？」

「……是。」

「那麼，起來吧。然後先吃完飯，接著做該做的事。別以為沒完成自己的工作就『有幸』接受處罰。」

「……遵命。」

水波一臉沮喪地到餐桌就座。達也強烈受到罪惡感的刺激，卻也對自己抱持罪惡意識感到不解。

◇◇◇

一大早的意外短劇耗損達也的心理能量，不過附加效果是得以將「連鎖演算」的對策暫時拋在腦後。達也轉換心情，前往位於橫濱的魔法協會關東分部。

在分部所在的橫濱港灣高塔入口處，達也偶然看到熟識的三姊妹。

對方似乎也很快就發現達也，先開口打招呼。

「哎呀，達也學弟。好久不見。」

身穿亮色套裝的真由美，以不適合正裝的休閒動作揮手。貼身套裝強調她嬌小卻凹凸有致的體型，營造出「成熟女性」的感覺，所以她這個態度令人略感遺憾。

不過，這也算是真由美的風格吧。

「好久不見。七草學姊也會出席嗎？」

達也以為七草家出席今天會議的人是長子智一。不過參加人數沒有限制。如果來個五人或十人或許會引人反感，但若只是兩人或三人應該還在常識範圍吧。

「不，我們是來幫忙的。」

可惜達也猜錯了。不只是真由美，連香澄與泉美也打扮得稍微成熟，似乎是為了協助報到或帶位等工作。

「不過，為什麼是學姊妳們幫忙？記得今天的會議是由十文字家主辦……」

達也這麼問只是當成牽制用的刺拳。

「今天的會議是家兄對十文字提議的，所以我們來幫忙是理所當然喔。」

不過真由美很乾脆地供出內幕。

「……沒關係嗎？爆料這種事？」

「沒關係吧？畢竟父親也沒阻止我們幫忙。」

沒參加會議的真由美和妹妹一起走到幕前表現得像是主辦人，恐怕會遭受各種打聽導致內幕曝光。因為承認這一點，所以覺得曝光也無妨吧？就是這樣的道理。

「但我認為這個結論太草率了……」

達也隱約知道真由美與七草家當家弘一之間有摩擦，卻覺得這麼做不像她的作風。她肯定會將自己對父親的情感放在一旁，以七草家的利益為重才對。

「學姊，難道這種做法像在利用十文字學長，惹得妳不高興嗎？」

達也不經意冒出的想法，使得香澄與泉美同時露出「咦？」的表情。

「怎……怎麼可能啦！這是兩回事！」

真由美結巴了。與其說是因為達也，應該說是因為妹妹們驚訝的視線而狼狽。

她慌成這樣，反倒是問問題的達也嚇一跳。

「…………」

「你那是什麼眼神！我和十文字不是這種關係！」

「……我沒這個意思就是了，不過……」

「『不過』是什麼意思？真的不是那樣啦！」

達也覺得沒必要慌張到這種程度，但沒有繼續說任何多餘的話語。

「學姊，大家在注意妳喔。」

這句忠告應該不是「多餘的話語」，是「必要的話語」吧。

證據就是（雖然是否稱得上證據就是了）達也的指摘令真由美語塞僵住。

「我先走了。我知道場所在哪裡。」

達也省略「不必帶路」這四個字，走向電梯廳。

為了避免繼續為真由美添麻煩，達也前往設立會場的樓層。

會議是上午九點開始。距離預定時間還有二十分鐘。但會議室前面已經聚集許多魔法師。會議室已經開門，不過沒就座而是站著聊天試圖收集情報的人似乎比較多。

達也在人群中發現熟悉的制服身影。

「七寶。」

「啊，司波學長。」

穿著一高制服站著沒事做的，是比達也小一屆的七寶琢磨。雖然當事人應該絕對不會承認，但是完全陌生的年長者集團似乎令他畏縮不前。達也一叫他，他就露出有點安心的表情接近。

「你不進去？」

達也跳過寒暄直接問。他沒問「是你來參加？」這個問題。

不用看琢磨繳交給學校的資料，達也就知道他是獨生子。雖然魔法師被鼓勵早婚多產，卻沒強制生育子女的人數。魔法師不是家畜。即使遲遲沒懷第二胎也不會被迫「治療」。

而且既然琢磨是獨生子，他代表七寶家參加這場會議，對於達也來說是自明之理。

琢磨似乎不覺得達也出現在這裡很突兀，但以他的狀況，說他沒餘力注意這一點比較正確。

「已經可以進去了，但好像沒決定座位分配……」

琢磨以難掩怯懦的聲音回答達也。

換句話說就是他不知道該坐哪裡吧。

「要一起進去嗎？」

「拜託了！」

如果是十三束這樣的人，或許會覺得琢磨變得相當老實。但是達也沒對琢磨的態度抱持什麼特別的感想。他將琢磨視為單純的同校學弟，帶他進入會議室。

會議室裡，長桌排列成中空的正方形。每邊各六個座位，只有正面靠牆那邊是五個座位，所以共二十三人參加。達也坐在右側。沒特別意識到主座與下座問題。他選擇坐那裡是因為看見認識的人。

「一条，好久不見。」

「才經過一個月。」

達也問候完，身穿三高紅色制服的將輝以不太高興的表情回應。與其說他是真的覺得不快，感覺他只是不知道該露出什麼表情。

「你一個人來？」

「一個人就夠了吧。」

這次是將輝詢問，達也以正經表情回答。將輝大概期待深雪會來吧，但他看起來不太失望，大概早就知道達也不可能帶深雪來這種場所。

「話說一条……」

達也轉身面向將輝，壓低聲音。

「令尊狀況怎麼樣？」

這個問題應該也沒讓琢磨聽到吧。將輝反射性地板起臉，但他知道這是達也的貼心。

「……好很多了。司波，謝謝你。」

將輝向達也道謝，是因為四葉家派遣夕歌。達也立刻明白原因，也沒有裝傻問他為何道謝。

「有難本來就該互助，而且家裡只是幫忙介紹專家。你的謝意我心領了。」

而且，也沒忘記隱瞞夕歌和四葉的關係。

「這樣啊。」

將輝大概認為繼續絮絮叨叨說下去反而失禮吧。他簡短說完點頭致意，然後就沒說話了。達也也回復為原本的坐姿。

大概是看兩人打招呼告一段落吧，刻意面向其他方向的琢磨，起身向將輝說話。

「一条先生，在下是七寶琢磨。您上個月待在一高的時候，很遺憾沒機會和您交談。今後請多多指教。」

「我是一条將輝，我才要說請你多多指教。」

將輝就這麼坐著大方回禮，具備長者的風範。

如果是去年的琢磨，將輝這種態度或許會惹他生氣。但現在的琢磨視為理所當然而接受。

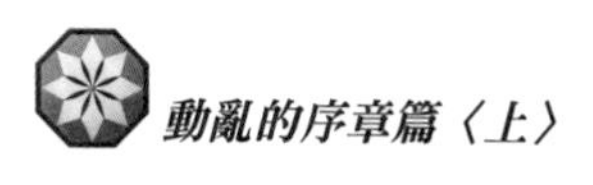

琢磨反倒覺得將輝莫名有股親近感的樣子。

「一条先生也穿制服啊。」

不過問到抱持親近感的原因，答案其實很單純。

「高中生的正裝是制服。」

將輝理所當然般的回答，使得達也不禁苦笑。

距離預定開會的時間不到五分鐘，座位坐得差不多了。不少人還在大廳談事情，應該可以認定預定與會的人員幾乎都到了。

沒包括在「幾乎」裡的某人。只要前來無疑會引人注目的人物出現在會議室時，秒針已經多走了三圈。

以女性標準算高的身高。栗色短髮下方的容貌即使不算中性也沒有女人味。但是以白色系套裝包裹的胴體，強烈凸顯「女性」的特質。

年齡二十九歲。在這場會議裡大概是最年長的一人。

「司波達也。不對，是四葉達也吧？」

「我是司波達也。這應該是第一次有榮幸直接和您交談。六塚小姐，請多指教。」

「我才要說請多指教。重新自我介紹一次，我是六塚溫子。」

十師族六塚家當家——六塚溫子一進入會議室，就不知為何找達也說話。

六塚崇拜四葉真夜，這件事在二十八家之間相當有名。之所以先走到達也這裡搭話，也是因為他是四葉真夜的兒子吧。雖然事實上是侄子，但即使按照事實宣布是侄子，六塚肯定也會挑選達也為第一個交談的對象。

「六塚小姐，好久不見。」

繼達也之後，將輝起身向溫子打招呼。出生就以十師族直系身分長大的將輝和溫子面識。

「好久不見，將輝。那個……」

「好很多了。」

將輝冷淡回答溫子這個吞吞吐吐的問題。

「這樣啊。太好了。」

然後，和將輝同時起身的琢磨，也和溫子進行初次見面的問候。

七寶家是在今年二月進入十師族的行列。七寶家當家七寶拓巳很少和「七」與「三」以外的家系交流，因此住在關東以外區域的二十八家成員，琢磨幾乎沒見過。

溫子以親切語氣回應琢磨的自我介紹，然後走到正面靠牆的座位。看來她、克人與智一的座位事前就決定了。

克人與智一一起從會議室深處的門現身時，時間是上午九點整。

座位全部坐滿。

克人向聚集在此處的眾人道謝，然後坐在深處長桌中央的座位。

「各位應該都是百忙之中抽空前來吧。我想立刻進入正題，以免浪費時間。」

沒人對克人這番話有異議。總之，出席這場會議的人大半是二十歲以上，未滿二十歲的只有克人、達也、將輝與琢磨四人，不會演變成「先從自我介紹開始」的國高中學生聚會。

「今天想徵詢各位意見的主題，是關於氣勢逐漸增長的反魔法主義運動，我們魔法師該如何應對。進入這個月到現在，不只是日本，世界各地都發生重大事件。雖然國內沒報導，但我聽說某些事件也發展為叛亂或內亂。我們在如此嚴峻的局勢下該如何行動？請各位不吝發表意見。」

將輝如同等待克人這麼說已久般舉手。

「我是一条將輝。」

將輝確認克人以眼神准許之後開口。

「在各位發表意見之前，請容我先確認這場會議的性質。明明是如何應對反魔法主義者的重要議題，卻將參加資格限定為排除許多當家的三十歲以下，請問用意為何？」

與會者將近半數點頭附和將輝的詢問。

克人的視線從將輝移向智一。光是這個動作，與會者們就明白這場會議真正的企劃者不是十文字家，是七草家。

幾乎對於所有人來說，這都不是意外的事實。

在暗藏疑惑的二十對視線之中，智一毫不畏懼抬起頭。至於沒以眼神之箭射穿他的三人分別是智一自己、克人，以及達也。

「我是七草智一。老實說，舉辦這場會議的契機，是我找十文字先生商討魔法師排斥運動的對策。因此一条先生剛才的這個問題，我認為由我回答比較適合。」

智一環視會議場。

沒人插嘴。

總之先聽聽智一怎麼說吧。這種氣氛統治室內。

「成為反魔法主義者恐怖攻擊目標的箱根師族會議，也檢討過反魔法師運動激進化的對應方式。但是到頭來，我聽說只能採取強化監視的消極對策。」

智一停頓片刻。

場中參加那場師族會議的是溫子與克人兩人。

「一點都沒錯。」

溫子在視線聚集過來之前，肯定智一這番話。

智一以眼神向溫子致意，繼續回答。

「不過，只是默默繼續監視的效果有限。我在搜索恐怖分子的過程徹底體認這一點。」

「請等一下。」

不過立刻有個聲音打斷智一說話。

「失禮了。我是九島家的九島蒼司。抱歉打斷您的發言，但您說搜索恐怖分子究竟是怎麼回事？說來見笑，我不知道十師族參與箱根恐攻事件的搜索行動。」

在地的師補十八家之間，出現贊同九島蒼司這番話的聲音。

「警方表示箱根恐攻事件沒有破案，還在繼續搜查當中，這不是事實嗎？如果藉由十師族之手發現破案線索，為什麼沒有通知我們？」

這才是真心話嗎？聆聽蒼司這段「抗議」的達也心想。

九島家直到今年二月都是十師族成員。卻因為被七草家拖下水——正確來說是被四葉真夜與七草弘一的私鬥殃及，降格為師補十八家。

至今一直穩坐十師族寶座的尊嚴，使得他無法忍受自己被蒙在鼓裡吧。

光宣有這種家人也真辛苦啊……這是達也出自內心的感想。

◇　◇　◇

會議開始沒多久，橫濱港灣高塔的一樓籠罩喧囂的氣息。此世不應有的英俊少年登場，不只是女性，連男性也把顧慮與禮貌遺忘在某處。

不檢點的視線令英俊少年皺眉。但即使是這張看似不悅的表情，也緊抓人們的目光不放。

「哎呀，這不是光宣學弟嗎？」

對於毫不客氣的注目感到退縮的光宣一認出說話的人，緊繃的臉就安心放鬆。

「真由美學姊。還有香澄與泉美同學。」

光宣和三名美少女會合。周圍隨即覆蓋消沉的失望。男性看到光宣完美的美貌，女性面對七草三姊妹各有不同的魅力，都只能不戰就舉白旗投降。

「光宣同學，好久不見。」

「上次像這樣見到你是論文競賽那時候……大概隔了半年吧？」

泉美在二月中旬學生會幹部的視訊會議，隔著通訊線路和光宣見過面。不過香澄就如她自己所說，是前往京都舉辦的論文競賽加油時，在後台和光宣聊過幾句。

光宣和香澄、泉美同年，雖然不太頻繁，但是從以前就會見面。不會因為光宣的美貌而怯懦的兩人，是光宣極少數的朋友。

「話說光宣學弟，如果你是來開會，會議已經開始了耶？」

「會議是交給蒼司哥哥參加。」

「咦──？但我覺得你參加比較好。」

「喂，小澄！噓！」

光宣回答真由美的問題之後，香澄毫不客氣說出感想，真由美連忙警告。但這並非否定妹妹的發言內容本身。

至於光宣則是露出無從評論的表情苦笑。

「姊姊，不要站著聊，要不要換個地方？畢竟好像沒人遲到，我想我們已經沒必要在這裡負責帶路了。」

泉美插嘴得正是時候。

「也對。一起去找個能坐下來的地方吧。」

真由美也察覺妹妹的意圖，立刻開始移動。

光宣知道她們在關心自己一個不小心就會出狀況的身體，所以沒有胡亂逞強，乖乖跟在真由美的背後。

◇　◇　◇

「箱根恐攻事件的原委之所以沒知會各位，是因為最後以不甚理想的結果收場。要形容為丟臉的結果也行。」

會議室裡，九島蒼司的這個追問是由克人回答。

「您說不甚理想的意思，是放任恐怖分子逃走了嗎？」

即使克人的強勢語氣令蒼司膽怯，他依然不肯罷休。

「恐怖攻擊的主謀確定死亡。」

「那不就沒問題了嗎……」

「但是，沒能回收主謀的屍體。」

克人的回答使得將輝咬牙切齒。

達也事不關己般聆聽。

「在美軍的介入之下，恐怖分子搭乘的船被擊沉。」

「美軍介入……？」

克人說出蒼司未曾想像的原委，蒼司啞口無言。

「美軍的攻擊正中恐怖攻擊主謀，屍體不成人形。」

克人自己並沒有確認箱根恐怖攻擊主謀顧傑的屍體。但是沒必要在此時此地坦承這件事。

「連屍體都拿不出來，甚至無法證明恐攻事件的主謀已經死亡。由於沒有任何物證，所以無法宣布那個事件已經解決。」

「……我知道警方為何對外表示還在搜查了。」

蒼司好不容易重整態勢。

「不過，沒必要要對我們都保密吧？」

但他的聲音沒有最初的氣勢，舌鋒不再銳利。

「並不是要保密。關於這一點，我承認顧慮不周，但現在先討論今後的事情好嗎？」

智一適時插嘴，封鎖蒼司的反駁。

蒼司的發言打斷了剛才對於將輝問題的回答。要是繼續堅持，他可能會被視為在妨礙對於將輝問題的回答。實際上室內某些地方就逐漸形成不耐煩的氣氛。

「我知道了。不過這種重要的情報，請儘早告訴我們。」

「我會妥善處理。」

蒼司近乎不服輸的這段話，智一隨口帶過。

蒼司感覺到屈辱而握拳。

但智一沒察覺（或許是忽略），環視會議室。

「不只是恐怖分子，要找出潛藏在社會的危險分子，當地居民的協助是不可或缺的。不過我們的搜索沒能獲得居民們的協助。」

達也開始對智一的發言感興趣。他與將輝從一開始就是只靠自己追捕顧傑。但是智一……應該說七草家原本想以打聽等方式向居民收集情報。

如果要進行這種偵查，原則上應該是利用警力才對，但七草家為什麼試著做自己不習慣的警察工作？

七草家的內部或許沒有好好整合。

達也思考起和此處無關的這種「贅事」。

「並不是所有居民都對魔法師懷抱敵意。不少人暗中表態說他們其實理解我們的處境。」

「『其實』？」

一名出席者感覺像是忍不住般插嘴。

「抱歉失禮了。我是五輪家的五輪洋史。」

某段時期是真由美未婚夫候選人的洋史當然認識智一。這段自我介紹是會議禮儀，也是說給初次見面的與會者聽。

「請問這裡的『其實』是什麼意思？」

洋史之所以發問，是因為這件事在十師族之間也是首度提及。

「我想，理解魔法師的人在害怕。」

「害怕魔法師排斥派的暴力嗎？」

「是的。我不認為反魔法主義者是在市民之間占多數。但他們的活動激進又顯眼。要是在言行上同情魔法師，下次或許會輪到自己成為不講理暴力的目標……現狀足以令人如此認為。」

似乎不少人對內心這個邏輯有底，場中沒人發言反駁。

「我認為反魔法主義者是吵鬧的少數派，沉默的多數派理解魔法師，至少站在同情的立場。不過實際上，追捕恐怖分子的我們沒獲得居民的協助，沒能完成逮捕恐怖分子的目的。」

「不好意思。我是八代隆雷。」

智一省略過程突然下結論，十師族八代家當家的弟弟發言遏止。

「但我認為就算獲得居民協助，也不一定抓得到恐攻主謀。」

「確實如此。不過反過來說，若能獲得居民的協助，我們可能更早查出恐怖分子的下落。這麼一來，或許可以避免連屍體都無法取得的結果。」

「這是一種假設吧？」

「是一種可能性。」

八代隆雷行禮之後不再多問。不是因為被駁倒，而是判斷繼續討論不會有結果而主動收手。

「同情魔法師的人們害怕敵視魔法師的人們，所以不敢發聲。這始終是我感受到的狀況。」

智一的音調稍微壓低，大概是提防別人認為他得意忘形。

「不過，我明知這是我個人的印象，還是想請各位思考一下。世間淨是敵視魔法師的聲浪，卻沒聽到支持魔法師的聲音，是不是因為我們魔法師這邊只有消極面對反魔法主義？」

「恕我失禮，『沒有支持魔法師的聲音』這個論點太極端了吧？」

這句發言來自六塚溫子。她沒有自我介紹，卻沒人表示不滿。因為溫子是十師族六塚家的當家，出席這場會議的人當然知道十師族當家的長相與名字。

「實際上也有政治家擁護魔法師。例如上野議員，我記得他和七草家走得很近。」

「說得也是。我講得太過火了。」

智一沒有多費脣舌爭論，很乾脆地接受溫子的指摘。

「不過，這樣的聲音很少，敵不過反對勢力，這是千真萬確的事實吧？」

「確實如您所說吧。不過，這場會議的參加資格限定在三十歲以下，究竟和這件事有什麼關係？」

溫子將論點逐漸失焦的議論拉回起點。

智一在這方面大概也沒有迷失，即使溫子突然這麼問，他也沒有困惑的樣子。

「當家的意見會直接連結到行動。所以當家之間的討論不得不慎重。我說的沒錯吧？」

「……確實有這種傾向。」

「所以我在想，如果我們年輕世代先以自由的立場發表意見，討論當前做得了什麼，或許可以集思廣益想出不錯的法子。」

「這場會議，並不是要決定任何事情。」

或許是看時機成熟，至今默默聆聽議論的克人開口。

「我自己是十文字家的當家，卻依然不能只以我的一己之見決定家族的行動。即使在這裡取得任何共識，也很可能在真正付諸實行的時候發現做不到。不過在這裡交換意見，應該不會完全徒勞無功吧。」

「換句話說，這場會議是以如何應付反魔法主義為主題，闡述彼此理念的場所？」

「我認為不必用『理念』這麼冠冕堂皇的詞來形容。」

隆雷像是故意曲解的這段發言，克人苦笑卻沒顯露反感，而是沉重搖頭。

「互相提出方針，如果達成某些共識，下次就提交到師族會議，這樣就可以吧？」

隆雷似乎接受了。將輝、洋史、蒼司與溫子看起來也沒有異議。

但是達也「咦？」地感到不對勁。

因為克人說這場會議沒要決定任何事，聽起來卻又以達成「共識」為前提。

他對會議接下來的展開提高警覺。

◇　◇　◇

真由美帶光宣來到魔法協會的茶室。她判斷自己這群人（尤其是光宣）進入普通餐廳會引發軒然大波。

光宣當然不用說，香澄與泉美也沒口出不滿。茶室能準備的餐點，美味程度與種類都比不上咖啡廳或餐廳，不過說到要忍受煩人的視線還是差強人意的餐點，兩者無須放上天秤比較。

真由美制止職員上茶，自己挑選茶葉與茶器泡紅茶。茶室姑且是收費經營，所以真由美這麼做是妨礙營業，但是這個分部也很清楚她的紅茶嗜好。店員與職員早已習慣真由美的任性。她和店員完全成為好朋友。

「來，請用。」

「謝謝。」

真由美在光宣面前擺上茶杯，光宣惶恐地行禮回應。

即使是這種「平凡男生」會做的動作，由光宣來做就成為一幅名畫。接在真由美後面端司康過來（這就是乖乖付錢買的）的女店員，在餐桌旁邊僵住。

這副模樣令香澄露出「真拿妳沒辦法」的苦笑，從店員手中（硬是）接過司康籃與小碟子。

「不過，真難得看到光宣同學在這裡。」

唯一閒著沒事的泉美向光宣搭話。

「算是……陪蒼司哥哥過來吧。」

泉美這麼說只是當成閒話家常的起頭，但光宣回答得結結巴巴，似乎話中有話。

「是受命過來辦事嗎？」

「與其說辦事……應該說是打算盤。」

光宣省略「打如意算盤」這句慣用語，肯定泉美的詢問。

「……方便詳細問嗎？」

泉美隱約覺得眼前的少年想發牢騷，以詢問的方式催促光宣「請儘管說」。

「總歸來說，就是要我到司波達也先生與深雪小姐的家裡打擾，和他們敘舊。但我說我們的交情沒有好到可以突然到對方家裡拜訪，就害得哥哥失望了。」

「唔哇……你的哥哥們還是老樣子耶。」

「喂，小澄！」

「沒關係的。」

真由美再度訓誡香澄，但光宣笑著搖頭。

「因為我也經常認為哥哥與姊姊的想法很天真。」

「換句話說，想透過你和四葉家締結友誼？」

泉美避免提及光宣家人的人格，將話題聚焦在九島家的想法。

「應該是這麼回事吧。」

光宣似乎也不想說哥哥或姊姊的壞話，向泉美投以感謝的眼神。

「九島家以此當成重返十師族的手段，應該是正確的吧。」

泉美此時沒有臉紅說不出話，是因為平常就目不轉睛注視深雪，已經習慣這樣的美貌。

「不過，說來遺憾，非常遺憾！」

泉美突然加重語氣，光宣受驚睜大雙眼，以眼神詢問真由美發生什麼事。真由美只以苦笑回應光宣。

「今天的會議，只有司波前輩參加。」

「啊，泉美說的司波前輩是那位哥哥……不對，是未婚夫。」

香澄自己也是在混亂狀態補充說明。

泉美不在乎被插話。或許是沒聽進去。

「深雪學姊好像下午要出門。」

將深雪當成女神崇拜的泉美，大概是刻意用如此尊敬的語氣說話。

「還以為難得可以在沒有司波前輩的地方見面！要不是深雪學姊有預定行程，我就不會來這種地方了！」

泉美一副隨時都要拿出手帕咬的樣子。

「……所以我不是問妳要不要上午去玩嗎？」

「香澄，妳說這什麼話！深雪學姊肯定忙著進行出門的準備，我怎麼可以去打擾！」

「……啊～說得也是。」

光宣悄悄從激動的泉美身上移開視線。

轉移視線看去，真由美掛著一副忍受頭痛的表情看著泉美。

「那個，泉美同學……」

光宣甚至不敢問她怎麼了，話只講一半。

「別在意。這算是老毛病稍微發作。」

「這樣啊……」

真由美以已經習慣卻也很難為情的語氣，回答光宣沒說出口的問題。

「不提這個，光宣學弟……」

「嗯？」

「那要不要來我們家？雖然價值可能比不上四葉家，但如果你回報和七草家重溫舊情，你的哥哥們也不會多說什麼吧？」

真由美的提案打動光宣的心。確實，與其待在這裡，拜訪七草家不只沒有煩人的視線，也不會閒得發慌。

「……不會添麻煩嗎？」

「完全不會。那麼，我們走吧。」

「咦，現在就去？」

「是的。剛才小美也說過，我們不用再負責帶路了。好啦，小美！小澄也走吧！」

真由美將泉美叫回這邊的世界，起身離席。

◇◇◇

正如智一的計畫，會議話題轉為討論具體的對策。

「……換句話說，七草先生認為需要積極博取大眾的好感？」

三矢家下任當家——三矢元治進一步詢問。

「形容為博取好感或許不妥，但是以方向來說正是如此。」

七草智一露出有點像父親弘一的笑容回答。

「要上電視節目嗎？很抱歉，我可不會唱歌跳舞喔。」

溫子這句玩笑話引發笑聲。年輕女性出席者的反應特別明顯。

「但我認為六塚小姐上電視唱歌會很受歡迎。」

這個笑話似乎也讓智一沒有餘力隱藏表情。雖然毫無防備露出苦笑，卻還是沒助長離題。

「我認為必須以更淺顯的方式，讓世人知道我們有助於社會。」

「要在魔法協會成立宣傳部門嗎？」

這句發言來自師補十八家的一之倉家。會議方向已經傾向於支持七草智一的意見。

「我認為這也是有效的做法。然而不只是宣傳，也需要拍攝實際活躍的影片發布吧？」

如今不需要智一強力主張己見，會中也接連提出意見補足他的點子。

「發布影片嗎？要上家用無線頻道或許很難，不過如果是衛星頻道或有線頻道，或許找得到媒體願意協助我們。」

「如果要增加媒體曝光度，門面也變得很重要吧？要上電視的話，最好找容貌出眾的人。」

議論方向變得有點膚淺冒失，是因為沒有長輩控場。或許七草家早就預測到會這樣進展才規劃這場會議。

達也就這麼不發一語思考這種事。

「既然要在重大刑案或大規模災害出動，實力也不能太差吧。」

「容貌與實力兼具的魔法師嗎……對了！七草先生，您妹妹不就完全符合條件嗎？」

這段發言令克人與將輝眉頭一顫。

「真由美嗎？很難說，雖然她身為魔法師的實力還算不錯……」

達也收起表情，閉上眼睛，聆聽智一「故做」謙虛的這段話。

「不不不，畢竟再怎麼說也是『妖精公主』，我認為真由美小姐很上鏡頭喔。」

「她本人聽到應該會高興吧，但如果撇開對自家人的偏心進行客觀評價，我認為有人在容貌

「您這意見別說對自家人偏心，甚至不給面子喔。不過，容貌更勝真由美小姐的人嗎……」

這句話令會場數處發出「啊」的細微聲音。

「那麼，四葉家的下任當家如何？她應該是很適合成為吾等象徵的一位小公主。」

有點過時的用語，大概是半開玩笑的發言吧。

不過，另一半透露出貨真價實的心聲。

智一雙眼隱藏強烈光芒。他就像是等待已久般，準備說出決定會議大局的話語。

「十文字先生。」

但是達也先發制人，在智一開口前的瞬間首度發言。

「什麼事？」

克人簡短回應達也的發言。

「剛開始，您說這場會議並不是要決定任何事情。」

即使是首度發言，達也也沒自我介紹。他認為沒必要。因為他這次的發言對象不是聚集在這間會議室的二十八家代表，是形式上主辦這場會議的克人。

「一點都沒錯。」

「那麼，即使這場會議決定任何事，我們四葉家也不必照辦。我可以解釋成這種意思嗎？」

這番話形容得客氣一點也是在「挑釁」。故意要惹出爭端。

「可以這麼解釋。」

不過，這不是狡辯。推翻法則的是其他成員。

「四葉閣下，這……」

五輪洋史露出怯懦表情，略顯猶豫地向達也說話。

「失禮了。我是司波達也。」

達也冷漠回應他的話語。

六塚溫子與八代隆雷朝達也投以「看好戲」的視線。

將輝在旁邊以傻眼卻有所共鳴的眼神看達也。話題提到真由美的時候，將輝就擔憂這段討論可能殃及深雪。

克人看向達也的眼神，大概隱含責難之意。

不是因為達也將逐漸和樂形成的共識搞砸。克人默默責備達也，要他處理這股凍結的氣氛。

「……積極對社會貢獻，積極宣傳形象。這是好事。」

達也同樣自覺擾亂場中氣氛，所以不得已回應克人的要求。

「不過，警消單位都有許多魔法師任職。在國防軍，也有很多魔法師負責軍務。厚臉皮搶走他們的工作，當成自己的功績沾沾自喜，我對這種做法不以為然。」

不過說來遺憾，會議室的氣氛就只是更加僵硬凍結。

沒人反駁達也的發言。

但也沒人支持。

毀掉至今友好氣氛的達也，承受許多敵意。

不過，達也也沒有繼續多說什麼。

詩奈不知道哥哥出席的橫濱港灣高塔會議室正吹起暴風雪，前往第三研進行自主訓練。

第三研——魔法師開發第三研究所，是十所魔法師開發研究所之中，至今依然掛著原本「招牌」運作的五所研究所之一。

在沒有封閉而是存留至今的五所魔法師開發研究所之中，第三研堪稱是運作最活絡的。

第三研的研究主題是提升多重演算的技能。鑽研可同時發動的魔法數量極限。這種技術對於十師族以外的魔法師也有效。尤其對軍方魔法師來說，這是可以提升各士兵戰鬥力的技術，和千葉家的近戰戰術並列為重點項目。

許多軍方魔法師出入第三研，可說是理所當然的歸結。軍方研究員也不算少，但現役的戰鬥詩奈從小在這樣的環境累積訓練，所以一反溫柔的外表，戰力相當傑出。要不是耳朵有著不明原因的缺陷，她在三矢家也能成為首屈一指的戰鬥魔法師吧──父親三矢元不是面帶惋惜，而是以鬆一口氣的表情如是說。之所以沒有惋惜，是因為比較不用擔心詩奈踏上戰鬥魔法師之路。

此外，詩奈也有很多機會認識經常出入第三研的軍人。尤其是同為二十八家的這名女性，可說是她親密的友人之一。

「啊，司小姐。」

「哎呀，詩奈小妹。今天也來訓練？」

國防陸軍情報部所屬的遠山司士官長。司在這裡使用「遠山」這個姓氏，但詩奈很早就知道她姓「十山」。

「侍郎沒和妳一起啊。」

司不經意的這句話，使得詩奈露出鬧彆扭的表情。

「侍郎去千葉家的道場了。」

「千葉家？」

「是的。我想他大概打算拜師吧。」

司克制自己別失笑，裝出看似誠懇的表情，再度和詩奈視線相對。

「考慮侍郎的特性，我想千葉家的劍術對他有益。別當成拜師，當成武者修行就好吧？」
「……這樣有什麼差別？」
「哎呀，沒差別耶。」
司送個秋波，露出俏皮的笑容。
詩奈也跟著笑了。
「話說詩奈小妹，魔法科高中怎麼樣？在各方面很辛苦嗎？」
「沒想像的辛苦。不過或許接下來會辛苦吧。」
「學生會長是那個四葉家的人吧？」
「啊，這部分也沒問題。雖然她非常漂亮，令我緊張，卻沒有一開始想像的『恐怖』感。」
「這樣啊。那麼，方便稍微幫忙我的工作嗎？」
司在氣氛變得和睦時，不經意提出請求。
「咦，司小姐的工作……是情報部的工作吧？」
「是的。不過並不會很難喔。拯救要人的訓練，需要找人飾演人質。」
「……這種工作是情報部負責的嗎？」
「我這個部門的任務是防諜。為了防止情報外洩，也會負責拯救被抓的要人。」
「我能勝任嗎？」

詩奈看似猶豫，內心則是躍躍欲試。其實她是好奇心強烈的性格。

「沒問題的。而且也只會花妳半天左右的時間。」

而且司早就看穿詩奈有這個意願。

「唔——請讓我考慮一下。」

「嗯，好的。那麼，細節等妳下定決心再說明。」

「咦——不能先告訴我嗎？」

「這姑且是原則。」

詩奈已經快要敗給好奇心了。這麼看來肯定會答應吧。

同樣就讀第一高中又同樣加入學生會的一年級學生成為人質。「他」要是得知這件事，肯定也不能視若無睹。

得到一顆測試「他」的上好棋子了。

司那張溫柔的笑容底下，將原本視為妹妹疼愛的詩奈當成工具。

◇◇◇

USNA國家科學局(NSA)所屬的學者——艾德華·克拉克的專長是大規模資訊系統。講得更具體一點，簡稱相同的國家科學局使用的通訊監聽系統最新版本——梯隊系統Ⅲ的設計者就是他。

說梯隊系統Ⅲ是由艾德華．克拉克獨自設計不是很妥當，但若說他是全面改良梯隊系統的核心人物就沒人有異議。只不過，建構梯隊系統Ⅲ的程序本身是機密，所以只有極少數人知道克拉克的功績。

他平常是在國家科學局加利福尼亞分局配給的個人辦公室，負責進一步改良監聽系統。表面上是如此。

然而實際卻是為了避免梯隊系統Ⅲ的機密外洩而軟禁。克拉克自己也明白這一點。

但他沒因為這種事而自甘墮落，反倒積極接受這個現狀。

他手上有情報。無論是國家科學局局長、國家安全局局長、國防部長、國務卿甚至總統，應該都不知道這件事吧。

他可以自由連結世界各地的情報。他建構出這種神不知鬼不覺的系統。

克拉克只和極少數人分享這個祕密。只有他認定適合共享祕密的同志。不限定是美國人。

不過艾德華．克拉克完全沒有背叛ＵＳＮＡ的意思。他堪稱熱愛自己的國家。但他不是對政府忠誠，而是只對國家忠誠。

他確信，掌握世界的是情報。

他確信，只有他的祖國與忠實的同盟者，有資格掌握世界。

為了引導世界成為應有的樣貌，他今天也收集、篩選、分析情報。

「日本當地時間是上午十點嗎……」

分局職員大多已經返家。但是克拉克甚至沒有離開辦公桌的徵兆。

「喔……『他』孤立了嗎？日本人還真傻。」

本應絕對不可能竊聽的會議室所進行的討論內容，以同步翻譯顯示在他的終端裝置。這就是梯隊系統Ⅲ所內建後門元件的威力。

「雖然我國國民也不能把話說得太滿……不過這或許會是絕佳的機會。順利的話，可以除掉我國面對的最大威脅。」

克拉克在自言自語的同時思索。

艾德華．克拉克的終端機，顯示著橫濱港灣高塔會議室裡，達也和其他出席者決裂過程的發言紀錄。

〔動亂的序章篇〈下〉待續〕

後記

為各位獻上本系列第二十一集〈動亂的序章篇〈上〉〉。各位覺得如何？

《魔法科高中的劣等生》終於也進入三年級篇了。開頭的〈動亂的序章篇〉原本打算一集結束……但是情報量比原本預定的多，因此分成上下兩集。

失算的原因之一，在於當初沒有預定如此深入描寫世界情勢。依照原本的系列劇情大綱，這一集只會提到「同步線性融合」的部分，墨西哥、烏克蘭與德國的說明排在下一集。不過因為本系列加入〈南海騷擾篇〉，要是沒有先寫這些章節將無法好好收尾。新蘇聯的那個魔法也跟著提早亮相……但劇情也因而增添不少噱頭，我認為以結果來說應該是好的。

只不過，光是這樣還不足以增加一本的分量。最大的失算是兩名一年級新生。

角色著墨到這種程度，超出我的預料。我原本打算更乾淨俐落地帶過……兩人的氣勢足以成為續篇系列的新主角。

不過在校園故事，比主角小兩屆的世代很少成為劇情焦點……本系列是否符合「校園故事」的定義就暫且不提。

詩奈與侍郎兩人，在下一集也會展現涉世未深的模樣吧。

本系列也進入揭開各種謎底的階段了。這集也說明了兩個戰略級魔法的「外觀」、十三使徒以外的戰略級魔法師沒對外公開的部分原因，以及「那個系統」研發者的真實身分。要說順便也不太對，但我差不多也想寫一下至今鮮少提及的內幕了。

本系列書名《魔法科高中的劣等生》依照當初的計畫，只會當成〈入學篇〉的書名。這件事或許已經有人知道了。

其實〈九校戰篇〉之後的劇情，原本預定換個書名推出系列作品，不過換書名可能不會吸引讀者目光，基於這個有點小心眼的理由，所以整部系列的書名統一為《魔法科高中的劣等生》。

進一步來說，「魔法科高中的劣等生」並不是在說主角。

正確來說，並不「只」是在說主角達也。也不是「主要」在說達也。

〈入學篇〉的「劣等生」是壬生紗耶香。

原本要改書名的〈九校戰篇〉的「劣等生」是吉田幹比古。

〈橫濱騷亂篇〉的「劣等生」是平河千秋。

在〈來訪者篇〉，指的是能力極為優秀，個性契合度卻屬於劣等生的莉娜。

在〈雙七篇〉，指的是身為新生代表卻懷抱強烈自卑感的七寶琢磨。

就像這樣，在各篇成為關鍵人物的「劣等生」，和成績評價為「劣等生」的達也形成對比。

本系列一直存在這樣的構圖——是否成立就另當別論。

不過，這個設定也在〈越野障礙篇〉被推翻了。

下一集是〈動亂的序章篇〈下〉〉。「序章」居然分成上下集？責任編輯曾經這樣吐槽，不過至少確實會在下集作結。

所以，本系列的第二十二集〈動亂的序章篇〈下〉〉，也請各位多多指教。

（佐島 勤）

Kadokawa Light Novels

其實，原本只要那樣就好了

作者：松村涼哉　插畫：竹岡美穗

被喚為惡魔的少年菅原拓娓娓道來，
揭露令眾人驚愕的真相——

某所國中的男學生K自殺身亡，留下一封遺書寫著「菅原拓是惡魔」。起因據說是包括K在內的四名學生受到菅原拓的霸凌。然而菅原拓在學校是最底層的不起眼學生，K則是深受愛戴的天才少年，加上霸凌事件沒有任何目擊者，使得整起案件疑點重重。

台灣角川

NT$180/HK55

國家圖書館出版品預行編目(CIP)資料

魔法科高中的劣等生. 21, 動亂的序章篇 / 佐島勤作 ; 哈泥蛙譯. -- 初版. -- 臺北市 : 臺灣角川, 2017.11

面 ; 公分. -- (Kadokawa fantastic novels)

譯自 : 魔法科高校の劣等生. 21, 動乱の序章編. 上

ISBN 978-986-473-973-8(上冊 : 平裝)

861.57 106016688

Kadokawa
Fantastic
Novels

魔法科高中的劣等生 21
動亂的序章篇〈上〉

（原著名：魔法科高校の劣等生21 動乱の序章編〈上〉）

2017年11月13日 初版第1刷發行
2024年3月22日 初版第4刷發行

作者：佐島 勤
插畫：石田可奈
日版設計：BEE-PEE
譯者：哈泥蛙

發行人：台灣角川股份有限公司
總監：呂慧君
總編輯：蔡佩芬
主編：林秀儒
編輯：黎夢萍
設計指導：陳晞叡
美術設計：黃永漢
印務：李明修（主任）、張加恩（主任）、張凱棋

發行所：台灣角川股份有限公司
地址：105台北市光復北路11巷44號5樓
電話：（02）2747-2433
傳真：（02）2747-2558
網址：http://www.kadokawa.com.tw
劃撥帳戶：台灣角川股份有限公司
劃撥帳號：19487412
法律顧問：有澤法律事務所
製版：巨茂科技印刷有限公司
ISBN：978-986-473-973-8
